Amrûn
PHANTASTIK

Zombie Zone Germany
Hoffnung

Hanna Nolden

Herausgegeben von Claudia Rapp

Jürgen Eglseer, Traunstein
Idee: Torsten Exter
Herausgeberin der Reihe: Claudia Rapp

Lektorat: Claudia Rapp
Umschlaggestaltung: Christian Günther
Atelier Tag Eins - tag-eins.de

ISBN TB – 978-3-95869-153-7
Printed in the EU

Besuchen Sie unsere Webseite:
amrun-verlag.de

Bibliografische Information der Deutschen Nationalbibliothek:
Die Deutsche Nationalbibliothek verzeichnet diese Publikation
in der Deutschen Nationalbibliografie; detaillierte bibliografische
Daten sind im Internet unter http://dnb.d-nb.de abrufbar

v1/20

Für Birk

Träge blinzelte Dany sich wach. Die Tage, an denen sie schweißgebadet aus blutigen Albträumen aufgewacht war, lagen hinter ihr. Es war nicht so, dass sie sich sicher fühlte. Nein, das gewiss nicht! Es war eher so, dass es ihr allmählich egal war, ob sie lebte oder starb. Letzteres wäre vielleicht sogar die bessere Alternative. Eine Einstellung, die allerdings nicht das Geringste an der gesunden Paranoia änderte, die sie sich zugelegt hatte.

Dany drehte sich auf die Seite und betrachtete die drei Lichtstrahlen, die durch die Risse in den Brettern ins Zimmer fielen.

Das Licht war jeden Tag gleich. Gelb, warm, verheißungsvoll. Trügerisch. Staub schwebte darin, genauso träge, wie Dany sich fühlte. Gab es überhaupt einen Grund, aufzustehen? Ihr Bett war so schön warm. Es war still. Friedlich.

Trügerisch, wiederholte diese listige Stimme in ihrem Kopf. Dieses gehässige Biest, das sie immer wieder davon abhielt, zu träumen.

Bilde dir ja nicht ein, du könntest deiner Situation entfliehen, Daniela, mahnte diese Stimme, sobald Dany sich wegträumte in die heile Vergangenheit.

Du bist eine Idiotin, verhöhnte die Stimme sie, wenn sie sich fragte, ob ihre Eltern noch am Leben waren. Oder ihre Brüder? Selbst einen unliebsamen Ex hätte sie genommen. Irgendwen, den sie von früher kannte.

Träumerin! Die Stimme spie dieses Wort aus wie eine Beleidigung. *Niemand ist am Leben. Das weißt du genau. Und die, die es sind, willst du lieber gar nicht kennenlernen.*

Nun, damit hatte die Stimme jedenfalls recht. Dany war schon vor dem Zombieding nicht unbedingt ein Mensch gewesen, der anderen vertraute. Und seit dem Zombieding war sie erst recht froh, wenn sie nur auf Tote traf. Die waren wenigstens berechenbar. Die hatten bloß eines im Sinn: fressen. Außerdem waren sie dumm. Und langsam. Menschen hingegen ... die waren in der Lage, ihr Dinge anzutun, die sie sich in ihren übelsten Albträumen nicht hätte ausdenken können. Nein. Menschen ging sie besser aus dem Weg.

Dany setzte sich auf und rieb sich die Augen. Wie spät es wohl war? Am Anfang hatte sie dauernd auf ihr Handy gestarrt. Auch dann noch, als der Akku schon längst tot war. Mittlerweile war der Reflex abgeklungen, aber das Handy hatte sie behalten. Falls sie es doch irgendwann einmal laden konnte, würde sie darauf Fotos von ihrer Familie ansehen können. Richtige Fotos hatte sie nicht. Nicht in ihrer Wohnung. Warum auch? Die lagen ja wohlbehalten im Haus ihrer Eltern. Und man sah sich ja eh jeden zweiten Tag. Früher.

Seufzend schwang sie die Beine über die Bettkante und lauschte. Es war wirklich still. Sogar ihr Nachbar, Herr Fassoulas, schien ruhig zu sein. Herr Fassoulas war inzwischen natürlich ein Zombie und nicht mehr mit ihrem alten Nachbarn zu vergleichen. Von dem hatte sie nie viel gehört. Der neue Herr Fassoulas hingegen randalierte regelmäßig in der Wohnung nebenan und versuchte, irgendwie aus seinem Gefängnis zu entkommen. Klar, wenn man noch Grips im Hirn hatte, war das nicht so schwer.

Die Wohnungstür war nicht einmal abgeschlossen. Bloß die Kette war vorgelegt. Lustigerweise hatte er das mit der Türklinke echt drauf. Mal war die Tür offen und mal war sie zu. Aber die Kette hatte er bisher nicht überwunden. Dany stand auf und streckte sich. Sie beugte ein paar Mal die Zehen und freute sich über das Gefühl des Teppichs unter den Fußsohlen. Es wurmte sie, dass sie nicht staubsaugen konnte. Sie liebte ihren eismeerblauen Teppich. Eine Wahnsinnsfarbe. Und so seidig! Sie griff sich die Kleider vom Vortag und schlüpfte hinein.

Den Blick in eine der Türen des Spiegelschranks vermied sie allerdings. Sie mochte es nicht, sich anzusehen. So blass und verhuscht. Das Haar ausgeblichen und schlaff herunterhängend. Mager und knochig war sie geworden, sehnig, drahtig. Wie auch immer. Sie hatte jedenfalls abgenommen und dafür ein paar Muckis zugelegt, obwohl sie stets versuchte, Kämpfe zu vermeiden.

Dany ging zur Tür und schob die Kommode zur Seite. In ihrem Schlafzimmer fühlte sie sich nach einer gewissenhaften Kontrolle einigermaßen sicher. Eigentlich in der ganzen Wohnung, trotzdem war es ihr zum Schlafen lieber, die Kommode vorzuschieben. Auch jetzt legte sie vorsichtshalber ein Ohr gegen die Tür und lauschte, für den Fall, dass jemand oder etwas in ihrer Wohnung war. Zu holen gab es bei ihr nämlich allerhand. Aber es war unverändert leise.

Langsam öffnete sie die Tür und spähte in den kleinen Flur. Die Dunkelheit in der Wohnung ärgerte sie. Früher war es hier so schön hell gewesen. Leider waren die Bretter vor den Fenstern eine Notwendigkeit, obwohl sie im ersten Stock wohnte. Nachdem sie sich vergewissert hatte, dass der Flur verlassen war, machte sie einen Schritt nach vorn. Rechts von ihr lag nun das Badezimmer. Die Tür war geschlossen, und der Klebestreifen verriet ihr, dass niemand sie geöffnet hatte und sich jetzt darin versteckte. Das musste sie also nicht überprüfen.

Geradeaus ging es ins Wohnzimmer, das vollgestopft mit Vorräten war. Nur ein schmaler Gang führte noch zu dem roten Sofa, auf dem sie gern unter einer Wolldecke lag und las. Sie hatte eine Menge Zeit zum Lesen. Und Bücher gab es in ihrer Wohnung reichlich. Sie ließ ihre Taschenlampe aufblitzen und leuchtete ins Wohnzimmer, aber das war verlassen. Auch in der Diele mit den Bücherregalen, dem blauen Sessel und der Garderobe, an der ihre Jacken hingen und vor der ihre Schuhe standen, war alles unberührt. Sehr schön. Sie betrat die Diele und wandte sich wieder nach links.

Ihr Arbeitszimmer war inzwischen ebenfalls eine Vorratskammer und der einzige Raum mit etwas Licht. Von dort ging es nämlich zum Balkon. Den Balkon hatte sie mit einem Stahlnetz gesichert und sie war überzeugt, dass da nichts durchkommen würde. Daher hatte sie Fenster und Tür nicht mit Brettern vernagelt. Sie brauchte den Balkon, um ab und zu mal etwas Luft zu schnappen. Außerdem hatte sie dort etwas Obst, Gemüse und Kräuter angebaut. Nicht genug, um sich wirklich davon zu ernähren, aber ausreichend, um ab und zu etwas Frisches zu haben. Jetzt war das meiste jedoch abgeerntet. Die letzten goldenen Herbsttage waren vorüber, und der Winter lag bereits in der Luft.

Mit einem zufriedenen Gefühl ging Dany in die Küche, setzte einen Topf auf den Campingkocher und gab Wasser aus einer PET-Flasche hinein. Alles war an seinem Platz. Niemand war in ihre Wohnung eingedrungen. Wunderbar. Dann konnte sie den Tag entspannt genießen.

Kaffee gehörte zu den ersten Dingen, die sie aus dem Supermarkt um die Ecke geholt hatte. Was war ein anständiger Weltuntergang ohne die richtige Dosis Koffein? Mit ihrem

Kaffee ging sie ins Wohnzimmer und schaltete die Gaslampe ein. Es war ihr Glück gewesen, dass der Discounter gerade Campingwochen gehabt hatte, als es mit der Apokalypse losging. Sonst hätte sie ziemlich alt ausgesehen. Sie wickelte sich in ihre Decke – die Heizung war neben fließendem Wasser das, was ihr am meisten fehlte – und griff nach ihrem Roman. Am Anfang war es sehr ungewohnt gewesen, dieses absolute Lesen. Wann hatte man das schon mal in der Hektik des Alltags?

Ständig lief irgendwo ein Fernseher oder das Radio, das Handy lag bereit, um zwischen den Seiten auf Facebook nach Neuigkeiten zu gucken, das Telefon klingelte, Termine schwirrten einem im Kopf herum. Das alles gab es jetzt nicht mehr. Es hätte das Paradies sein können, wenn es nicht die Hölle gewesen wäre. Dany schüttelte diese Gedanken ab und begann zu lesen. Es gab nichts, worüber sie sich Sorgen machen musste. Ihre Vorräte würden für viele Wochen reichen. Es gab keinen Grund, aus dem Haus zu gehen und sich in Gefahr zu begeben. Und nachdem sie ein paar Wochen lang mehrmals täglich zum Supermarkt gelaufen war und Einkaufswagen um Einkaufswagen herangeschafft hatte, hatte sie sich die Ruhepause redlich verdient.

Sie war bei ihrem dritten Kaffee angelangt und hatte 15 Kapitel gelesen, als plötzlich ein stechender Schmerz durch ihren Körper schoss. Dany stöhnte auf und kniff die Augen zusammen. Verdammt. Das konnte nur eines bedeuten. Wie zur Bestätigung zog es erneut in ihrem Bauch. Dany klappte das Buch zu, schälte sich aus der Decke und schlurfte in den Flur. Die Lampe nahm sie mit. Obwohl sie mittlerweile nicht mehr auf ihr Handy guckte, war der Impuls, beim Betreten eines Raumes den Lichtschalter zu betätigen, immer noch da. Sie löste den Klebestreifen von der Badezimmertür und zog sie auf. Auch das Badezimmer glich inzwischen mehr einer Vorratskammer als einem Bad. Was hätte sie nicht dafür gegeben, die große, graue Wanne voll Wasser laufen zu lassen und ein ausgiebiges, duftendes Schaumbad zu nehmen. Aber abgesehen von der Tatsache, dass aus den Hähnen schon lange kein Wasser mehr kam, war ihre Wanne vollgestopft mit Drogerieartikeln.

»Im Ernst, Körper«, sagte Dany. »Du kannst dir den Scheiß sparen. Ich werde in diesem Leben nicht mehr begattet werden und keine hübschen Babys in diese hübsche Welt setzen.« Leider war ihr Körper Argumenten nicht zugänglich. Wo in diesem Chaos hatte sie bloß die Tampons untergebracht? Sie stopfte sich schnell etwas Klopapier zwischen die Beine und begann zu suchen. Gleichwohl sie dazu neigte, ihre Periode zu verdrängen, war sie überzeugt, vorgesorgt zu haben. Diese Abteilung des Supermarktes hatte sie mit Sicherheit ebenfalls leergeräumt und in ihre Wohnung geschleppt. Genervt fing sie an, Pappkartons und Schachteln aus der Badewanne zu heben und neben sich auf dem Boden zu stapeln. Da gab es Kartons voll Seife, flüssige und feste, Waschpulver und Weichspüler, Schaumbäder – warum auch immer, ein bisschen Träumerei war ja wohl erlaubt – Zahnpasta und Zahnbürsten.

Der riesige Vorrat Toilettenpapier befand sich im Arbeitszimmer. Endlich! Sie griff nach dem ersten Karton Tampons, der zum Vorschein kam, stieß dabei jedoch eine Flasche Franzbranntwein vom Badewannenrand. Scheppernd fiel die Flasche in die Badewanne und zerbrach in tausend Teile.

»Oh Scheiße nein!«, rief Dany und fischte den Karton aus der Wanne. Der beißende Geruch erfüllte ihr kleines

Badezimmer. Schlimmer war jedoch, dass ihr Vorrat an Binden und Tampons sich gerade mit Franzbranntwein vollsog und wenn es etwas gab, mit dem ihre Schleimhäute bestimmt keinen Kontakt haben wollten, war es Franzbranntwein! In Windeseile räumte sie die Badewanne leer, sammelte die Scherben ein und warf sie ins Klo. Sie wischte die Wanne mit einem Handtuch aus und sah sich die Bescherung an. So gut eingeschweißt Tampons und Binden auch gewesen waren, die meisten davon waren nicht mehr zu gebrauchen.

Da ging er hin, ihr Vorrat.

Dany lehnte sich an die Badewanne und betrachtete das kümmerliche Häuflein weißer, gepresster Watte.

»Für eine Handvoll Tampons«, murmelte sie. Sie angelte das antibakterielle Handreinigungsgel vom Waschbecken, säuberte sich die Hände und versorgte sich mit einem der Tampons. Frustriert betrachtete sie das angerichtete Chaos. Das würde sie aufräumen müssen, aber dafür war später noch Zeit.

Sie überschlug im Kopf, wie lange sie mit ihrem geschrumpften Vorrat wohl kommen würde. Das Ergebnis war ernüchternd. So stark und lang, wie sie immer blutete, reichte das nie bis zum Ende ihrer Periode. Oder vielleicht mal gerade so. Wie aufs Stichwort jagte wieder dieser bohrende Schmerz durch ihren Leib.

Himmel, Körper, geht's noch? Sie hielt sich die schmerzende Seite und dachte wehmütig an das angebrochene Päckchen Paracetamol in ihrem Medizinschrank. In die Apotheke war sie bisher nicht hineingekommen. Die Fenster und Türen waren mit Metallgittern gesichert. Wichtiger waren jetzt ohnehin die blöden Tampons. Zur Drogerie lief sie 20 Minuten. Zombiebegegnungen nicht eingerechnet. Und sie hatte keine

Ahnung, wie es dort aussah. Sie war mit Sicherheit nicht der einzige noch lebende Mensch in dieser Stadt und hatte mit dem Discounter einfach nur Glück gehabt. Die Drogerie hatte gewiss schon jemand leergeräumt. Aber was sollte sie sonst tun? Wieder ein Krampf. Dany biss die Zähne zusammen.

»Du bist nicht hilfreich, Körper!«, tadelte sie und schleppte sich aus dem Badezimmer. Eigentlich war ihr Impuls, sich eine Wärmflasche zu machen, sich mit dem Buch ins Bett zu verkrümeln und das Problem auf morgen zu verschieben. Sie hatte keine Ahnung, wie spät es war oder wann die Sonne untergehen würde. Doch da war ein sonderbares Gefühl, ein Gefühl, das ihr sagte, dass sie jetzt gehen musste. Und in den letzten Wochen hatte sie gelernt, ihren Gefühlen zu vertrauen. Also griff sie nach der Motorradkluft und legte ihre Rüstung an. Die Übergänge von Bündchen zu Stiefeln bzw. Handschuhen versiegelte sie mit Panzertape. Zum Schluss folgte der Helm. Das Visier ließ sie erst einmal offen.

Sie setzte sich ihren Rucksack auf, den sie mit Tampons vollstopfen würde, bis er platzte. Fehlten noch die Waffen. Sie nahm die Axt mit dem langen Stiel in die linke Hand und das Beil mit dem kurzen Stiel in die rechte. Noch etwas, das ihr die Campingwoche beim Discounter beschert hatte, obwohl Dany nicht wusste und nicht wissen wollte, bei welcher Art von Camping man Beile und Äxte benötigte.

Ihre ersten Zombiebegegnungen waren katastrophal verlaufen, und sie konnte von Glück sagen, dass sie dabei nicht draufgegangen war. Mehr Glück als Verstand und flinke Beine. Auch heute zog sie Wegrennen einem Kampf vor, doch wenn es zu einem kam, war sie gerüstet. Mit der Axt auf ein Knie zielen – zack, Zombie ging zu Boden. Und dann mit dem Beil auf den Kopf. In Sicherheit hatte sie sich diese Strategie zurechtgelegt und anschließend draußen geübt. Das waren ziemlich beschissene Tage gewesen, aber verdammt noch mal notwendig. Sie hatte keine Ahnung, wie oft sie damals hatte kotzen müssen. Ausnahmezustand für alles. Körper, Geist und Seele. Sie war danach nicht mehr derselbe Mensch gewesen und sie konnte nicht gerade sagen, dass sie die neue Dany mochte.

Aber es ging eben nicht anders, wenn man überleben wollte. Und da gab es zu viele Bücher in ihren Regalen, die gelesen werden wollten, bevor sie abtreten konnte. Die Stiele der Waffen schob sie in die Lederschlaufen, die sie für diesen Zweck links und rechts an ihre Hose genäht hatte. Nun konnte es losgehen. Sie entfernte die drei Holzriegel und die Sicherheitskette und schloss die Wohnungstür auf. Dann öffnete sie die Tür und kniff die Augen zu. Gleißendes Sonnenlicht stach ihr in die Augen.

Sie nahm sich immer wieder vor, das Treppenhaus zu sichern und einen Blick in die anderen Wohnungen zu werfen, hatte sich jedoch bisher nie dazu aufraffen können. Und abgesehen davon hatte sie auch keine Ahnung, wie man eine Tür aufbrach. Vermutlich hatte sie das richtige Werkzeug dafür gerade in eine Lederschlaufe an ihrer Hose geschoben, aber zum einen vermied sie es, zu viel Lärm zu machen, und zum anderen hatte sie ein wenig Sorge, ihre Waffen bei so einer Aktion zu beschädigen.

Das Treppenhaus lag verlassen da. Wie immer eigentlich. Sie hatte stets Magengrummeln, wenn sie es betrat, obgleich ihr hier noch nie etwas aufgelauert hatte. Sie zog die Tür hinter sich zu und schloss sie gewissenhaft ab. Als sie an der Tür des Nachbarn vorbeiging, warf sie einen verstohlenen Blick über die Schulter. Heute war die Tür offen, aber die Kette lag noch vor, und von Herrn Fassoulas war nichts zu sehen oder zu hören.

Ob Zombies wohl schliefen? Oder konnten die Dinger vielleicht doch eines natürlichen Todes sterben?

Früher oder später würde sie sich um ihren Nachbarn kümmern müssen, denn er war ein Sicherheitsrisiko. Noch so ein Ding, das sie bisher nicht über sich gebracht hatte. Auch heute nicht.

Sie griff nach dem Knauf und zog die Tür ins Schloss. So leise, wie es nur irgend ging. Es funktionierte. In der Wohnung blieb es still. Verrückterweise schoss ihr der Gedanke durch den Kopf, ob es Herrn Fassoulas wohl gut ging. Sie verdrehte die Augen. Selbstverständlich ging es ihm nicht gut. Er war ein Zombie und er wollte fressen. Frisches, noch zappelndes Fleisch. Und das gab es in seiner Wohnung nun einmal nicht. Seine Katze hatte er mit Sicherheit schon längst verspeist. Dany schauderte. Vielleicht war er sogar entkommen, aber sicher nicht durch die Wohnungstür.

Sie zählte die Stufen, während sie sie nahm. Einmal acht und einmal sieben. Der verrückte Impuls, in den Briefkasten zu schauen. Nichts als Rechnungen, tralala. Dann noch einmal vier Stufen.

Die Glastür war unversehrt, und draußen wartete die Apokalypse.

Wie jedes Mal stand Dany an einer Klippe, blickte hinunter und spürte den Wahnsinn. Jeder Ausflug nach draußen beraubte sie ein Stück mehr ihrer geistigen Gesundheit. Aber sie würde nicht springen, nichts Dummes tun, sondern auf dem sicheren Pfad des gesunden Menschenverstands bleiben.

Sie schloss die Glastür auf und öffnete sie vorsichtig. Auf den ersten Blick konnte sie auf den Straßen nichts erkennen. Bloß ein wenig Unrat und ein paar stinkende Leichen. Wirkliche Leichen, das wusste sie. Sie kannte den Liegeplatz von jeder einzelnen. Ja, ja. Noch so ein Vorsatz. Irgendwann räume ich hier mal auf, sonst bekomme ich noch irgendwelche komischen Krankheiten. Türme sie auf und verbrenne sie. Oder buddle ein großes Loch.

Unser Viertel muss schöner werden. Blödsinn. Sie würde es ja doch nicht tun. Jetzt musste sie sowieso erst einmal zu diesem Drogeriemarkt kommen.

Sie schloss die Tür ab und verstaute den Schlüssel in der mit einem Reißverschluss gesicherten Brusttasche ihrer Lederjacke. Das alles war mit den dicken Handschuhen nicht einfach, aber auch das war etwas, das sie in der Sicherheit ihrer Wohnung geübt hatte. Denn diese Handschuhe waren überlebenswichtig. Die Untoten waren verflucht bissig, und obwohl sie keine Ahnung hatte, wie sich diese Zombiescheiße übertrug, konnte sie sich nicht vorstellen, dass es ratsam war, einen Biss zu kassieren.

Sie kämpfte gegen den Impuls an, einfach loszurennen, behielt das Visier oben und die Umgebung im Blick. Tatsächlich hatte sie in ihrem Viertel gründlich aufgeräumt. Der Weg zum Discounter war mit Sicherheit zombiefrei. Heute musste sie allerdings in die andere Richtung. Am Straßenrand parkten unzählige Autos. Treudoof warteten sie auf ihre Besitzer. Das Chaos hielt sich tatsächlich in Grenzen. Es wäre also durchaus möglich gewesen, mit dem Auto zu fahren.

Allerdings hatte Dany kein Auto. Sie hatte noch nicht einmal einen Führerschein. Und nicht den Hauch einer Ahnung, wie man ein Auto aufbrach und auch noch kurzschloss. Sie meinte sich zu erinnern, dass Herr Fassoulas ein Auto gehabt hatte. Aber zum Drogeriemarkt war es nicht weit, und bis sie raushätte, wie man so ein Auto fuhr, wäre ihre Blutung bestimmt bereits vorbei.

Nach den ersten hundert Metern nahm Dany die langstielige Axt in die Hand. Sie spürte, wie ihr Herz anfing, schneller zu pumpen. Ihr Körper war endlich mal auf ihrer Seite und hatte die Krämpfe zumindest kurzzeitig eingestellt. Hätte sie Zugang zur Apotheke gehabt, hätte sie sich alle Packungen der Anti-Baby-Pille geschnappt und jeden Tag eine genommen. Ohne Pause. Die Lebenserwartung in Deutschland war ohnehin nicht mehr so hoch, dass man die Gelegenheit hätte, an Krebs zu sterben oder an einer Embolie oder was auch immer. Merkwürdig, über welchen Scheiß man so nachdachte, wenn es auf der Welt niemanden gab, mit dem man sich hätte unterhalten können.

Zum Glück hatte Dany ihre Bücher, sonst wäre sie längst durchgedreht. Sie bog links ab und ging zwischen den Wohnhäusern hindurch. Misstrauisch ließ sie die Blicke über die Fenster schweifen. Wenn in ihrem Viertel noch jemand lebte, hatte er oder sie sich bisher gut vor ihr versteckt. Sie wusste, dass andere Nationen Hamburg mit Kampfjets überflogen hatten. Sie hatte die Bomben gehört, die Erschütterungen gespürt, aber in Hamm war keine niedergegangen. Vielleicht wäre das sogar besser gewesen. Die Tage, an denen Dany keinen Sinn darin sah, überhaupt aufzustehen, wurden jedenfalls häufiger. Daran konnten selbst die ungelesenen Bücher in ihrem Regal nichts ändern.

Sie bog nach rechts ab und erreichte die Hammer Landstraße. Sie erinnerte sich, wie viel auf der Straße immer los gewesen war. Ein unglaublicher Verkehr. Hier sah man tatsächlich ein bisschen Chaos. Auf der Kreuzung hinter dem Zugang zur U-Bahn hatte es einen Unfall gegeben. Mehrere Autos waren ineinander verkeilt. Bei manchen stand die Motorhaube offen, bei anderen die Kofferklappe oder die Türen.

Die meisten Autos waren verlassen. Leichengeruch lag in der Luft. Dany schloss das Visier ihres Helms und zog das Beil ebenfalls aus der Schlaufe. Sie hatte nicht vor, zu nah an die Autos heranzugehen, denn selbst wenn in den Autos kein untotes Leben herrschte, begann jetzt der Bereich, den sie seit Beginn der Apokalypse noch nicht betreten hatte. Sie ließ die Kreuzung hinter sich. Der Helm gab ihr Sicherheit, barg jedoch auch Risiken. Ihr Sichtfeld war eingeschränkt, und ihre anderen Sinne so gut wie ausgeschaltet. Sie hörte schlechter und roch fast gar nichts mehr.

Ihr Blick wanderte unruhig von einer Seite des Gehwegs zur anderen. Sie war diese Strecke in ihrem Leben oft gelaufen, doch nun hatte sich alles geändert. Und so sehr sie sich auch einreden wollte, dass sie bloß an einem sonnigen Herbstnachmittag zur Drogerie lief, um ein paar Tampons zu kaufen, so wenig Erfolg hatte sie dabei.

Fast wünschte sie sich eine Zombiebegegnung herbei. Einen Adrenalinschub, der ihre Sinne schärfen und die Gedankenmühlen anhalten würde. Aber sie blieb allein mit ihren Grübeleien und ihrer Angst. Sie glaubte, ab und zu aus den Wohnhäusern zu ihrer Rechten die typischen Zombiegeräusche zu hören.

Das verzweifelte Stöhnen, das hungrige Fauchen. Einmal sah sie eine Bewegung auf der anderen Straßenseite, hätte jedoch nicht sagen können, ob es ein Mensch, ein Untoter, ein herumstreunender Hund oder ein Vogel gewesen war. Ratten gab es hier auch zuhauf.

Rechts ging es zum Altenheim, und Dany blieb einen Moment lang stehen und betrachtete mit Schaudern das große Gebäude. Sie mochte sich nicht vorstellen, wie die alten Leute dort wohl gestorben waren. Es war ein entsetzlicher Gedanke, hilflos zu sein, diese Geräusche zu hören, nicht zu wissen, was geschah, und darauf zu warten, dass jemand kam. Furchtbar. Was für ein Glück sie doch hatte, dass sie jung und fit war! Dany presste die Lippen aufeinander. Glück fühlte sich irgendwie anders an. Sie hatte nur eine schwache Erinnerung daran, aber nein, Glück war etwas anderes. Jetzt tauchte der Supermarkt auf. Nicht ihrer, sondern der andere. Es war seltsam, wie friedlich alles aussah.

Auf dem Parkplatz standen ein paar ordentlich abgestellte Autos, als wären die Besitzer nur mal kurz einkaufen gegangen und würden jeden Moment zurückkommen. Die Scheiben waren alle unversehrt, und nichts deutete darauf hin, dass jemand das Geschäft geplündert hatte. Verrückt. Sie konnte doch nicht die Einzige sein, die hier noch lebte! Den Laden hatte sie ganz vergessen, und sie überlegte, ob sie nicht hier nach Tampons suchen sollte, aber sowohl die Türen als auch die Fenster waren wie bei der Apotheke mit massiven Metallgittern gesichert.

Sie behielt das Geschäft im Hinterkopf, für den Fall, dass ihr irgendwann einmal der Kaffee ausgehen sollte. Auf der anderen Seite lag das kleine Hotel mit dem dämlichen Namen »Volksschule«. Bevor die ehemalige Volksschule zum Hotel umgebaut worden war, hatte ihr Hausarzt darin seine Praxis gehabt. Irgendjemand hatte viel Geld in die Sanierung des maroden Baus gesteckt. Es sah irgendwie einladend aus, dieses Hotel, und Dany musste an frisch bezogene Decken und ein Stück Schokolade auf einem blütenweißen Kissen denken.

Der Gedanke begleitete sie ein Weilchen, weil sie nur wenig später ein weiteres Hotel passierte. Das »Best Western«, das im Gegensatz zum Hotel »Volksschule« vollkommen verwüstet war. Die Scheiben im Erdgeschoss waren allesamt zu Bruch gegangen. Die Tische im Restaurant waren umgeworfen, Stühle zerschlagen worden, und insgesamt wirkte das, was Dany vom Erdgeschoss sehen konnte, als wäre es gründlich durchwühlt worden.

Verdammt. Wenn hier jemand gehaust hatte – und ihre Erfahrung sagte ihr, dass das lebende Menschen und keine Untoten gewesen waren – dann hatten die sich bestimmt auch den Drogeriemarkt vorgenommen. Endlich kam der Gebäudekomplex mit dem Discounter, der Drogerie, dem Fitnessstudio und der Kinderarztpraxis in Sicht.

Zum Parkplatz ging es eine steile Rampe hinunter, und vom Gehweg aus konnte Dany sehen, dass der Discounter geplündert worden war. Jemand hatte mit einem Lieferwagen das Rollgitter durchbrochen. Überall lagen Verpackungen und Plunder.

Sie schluckte.

Das war nicht das Werk eines Einzelnen. Es musste sich um eine größere Gruppe handeln. Sie konnte nur hoffen, dass der Einbruch in den Laden schon länger zurücklag und sich niemand mehr in der Nähe herumtrieb. Beunruhigt blickte sie sich um, und der Impuls, einfach umzukehren und in die vermeintliche Sicherheit ihrer Wohnung zurückzukehren, wurde riesengroß.

Wie aufs Stichwort jagte ein Krampf durch ihren Leib. Dany presste die Zähne aufeinander.

Klasse, dachte sie. *Ich werde sterben. Für Tampons!* Es nutzte ja nichts. Langsam setzte sie sich in Bewegung.

Dany blieb in Alarmbereitschaft, während sie um das Gebäude herumging. Aus dem Discounter kamen keine Geräusche, soweit sie das mit dem Helm auf den Ohren sagen konnte. Das war gut. Sie warf einen Blick zum Himmel. Der Weg konnte nicht so lange gedauert haben, trotzdem hatte sie das Gefühl, seit Stunden unterwegs und in Gefahr zu sein. Wie sehr sehnte sie sich nach ihrem Sofa, ihrer Decke und ihrem Buch. Und nach Kaffee!

Komm schon, dachte sie. *Du holst die Tampons und haust wieder ab.*

Sie erreichte die Front des Drogeriemarktes. Die Metalldisplays mit Sonderangeboten, die draußen gestanden hatten, waren umgeworfen worden. Obwohl eine Scheibe eingeschlagen war, sah im Inneren alles recht manierlich aus. Offenbar hatte sich die Bande mit dem Discounter zufriedengegeben.

Vorsichtig stieg Dany durch das Schaufenster und sah sich um. Es schien wirklich noch alles da zu sein. Handseife, Schaumbäder, Badezimmerartikel. Alles stand fein säuberlich in den Regalen. Und dennoch. Etwas war komisch. Dany schob das Visier hoch und ließ den Blick schweifen. Es waren nicht die Regale. Es war der Boden, mit dem etwas nicht stimmte. In der Mitte des Ganges verlief eine Blutspur. Eigentlich hätte das der Auslöser sein müssen, direkt umzukehren, Tampons Tampons sein zu lassen und sich in Zukunft mit Handtüchern zu behelfen. Aber es war, als hätte jemand einen Schalter in Dany umgelegt.

Sie heftete ihren Blick auf die Blutspur und folgte ihr wie ein Polizeihund, der eine Fährte aufgenommen hat. Alle paar Schritte checkte sie, ob die Luft rein war oder ob sie beobachtet wurde. Bis auf die Blutspur war die Drogerie blitzblank sauber. Wie fünf Minuten vor Ladenöffnung.

Und dann kam das Chaos. Hier waren die Regale umgeworfen. Erwischt hatte es die Abteilung mit den pflanzlichen Arzneimitteln. Überall lagen Kartons mit Hustensaft, Anti-Stress-Pillen, Diäthelfern, Vitaminen. Zwei Flaschen Franzbranntwein waren zu Bruch gegangen. Der Geruch löste in Dany ein unheimliches Déjà-vu-Gefühl aus, und ein heftiges Ziehen fuhr durch ihre Körpermitte. Im gleichen Moment sah sie die Frau. Dany blieb stehen und starrte sie an. Sie war weiß wie eine Marmorstatue. Ihr Unterkörper war nackt und braunes Blut klebte an ihren Schenkeln. Obenrum trug sie ein hochgeschobenes Kleid und einen weiten Mantel. Und die Frau war tot.

Nicht einmal untot, sondern einfach mausetot. Ihr Kopf war nur noch zur Hälfte da und neben ihrer rechten Hand lag eine Pistole. Blitzschnell griff Dany zu. Sie hatte von Schusswaffen nicht den Hauch einer Ahnung. Es war das erste Mal, dass sie eine in der Hand hielt, und das Einzige, das sie sagen konnte, war, dass sie schwerer war, als sie erwartet hatte. Sie hätte zu gern gewusst, ob da noch Patronen drin waren, wusste jedoch nicht, wie sie das überprüfen sollte. Trotzdem steckte sie die Waffe in die Seitentasche ihrer Lederjacke.

Und plötzlich war da ein Geräusch. Ein Geräusch, das Dany an eine Katze erinnerte.

Sie keuchte. Neben der Frau bewegte sich etwas. Ein Bündel.

Ein ... Dany holte mit der Axt aus und hielt im letzten Moment inne, als eine winzige Hand ein Tuch zur Seite schob.

Da lag ein Baby. Ein vollständiges, perfektes Menschlein. Es war über und über mit Blut beschmiert, schien jedoch kerngesund zu sein, soweit Dany das beurteilen konnte. Zumindest bewegte es sich, und wie ein Zombiebaby sah es nicht aus.

Das Gedankenkarussell in Danys Kopf wurde zur Achterbahn voller Flüche und Schimpfwörter. Ein Strudel an Emotionen drohte, sie in die Tiefe zu reißen.

Mit Babys kannte sie sich noch weniger aus als mit Schusswaffen.

Okay, Dany. Durchatmen.

Sie schloss die Augen, zählte bis zehn, schlug die Augen wieder auf. Das Baby war noch da. Nun, einen Versuch war es wert gewesen. Was war hier passiert? Sie konnte es nur erahnen. Eine schwangere Frau war in den Drogeriemarkt eingebrochen, hatte ihr Baby bekommen und sich anschließend erschossen. Dany trat näher heran und betrachtete, was von dem Gesicht der Frau übrig war.

Du blöde Kuh, wollte sie sie anschreien. *Warum hast du das getan? Und warum hast du das Ding da nicht mitgenommen? Hattest du nur die eine Kugel? Was bist du für eine Mutter, dein Kind allein sterben zu lassen? Verhungernd, erfrierend oder gefressen. Du blöde, scheißdumme Kuh!*

Das Baby sah sie aus großen blauen Augen an, als erwarte es etwas von ihr. Aber es schrie nicht. Keinen Ton gab es von sich, als wüsste es, wie gefährlich das in dieser Welt war.

Dany biss die Zähne zusammen und hob erneut die Axt. Sie wandte den Blick ab, umklammerte den Griff und ließ die Axt dann langsam sinken.

Nein. Sie konnte das nicht. Genauso wenig, wie die Frau es gekonnt hatte. Doch sie konnte das arme Ding auch nicht hier liegenlassen.

Okay. Situation analysieren.

Als sie einmal länger krank gewesen war, hatte sie sich ein paar Arztsendungen reingezogen und vormittags eine Folge Teeniemütter nach der nächsten angesehen. Das musste reichen. Die Plazenta – ein ekliges, dunkelrotes Ding, das sie an einen Tintenfisch erinnerte – schien vollständig zu sein. Warum das wichtig war, wusste sie nicht, nur, dass die Ärzte im Fernsehen das immer überprüft hatten.

Das Problem war bloß: das Kind hing noch dran. Nabelschnur. Also gut.

Sie hob beschwichtigend die Hände, sah das Ding an und murmelte so leise, dass es kaum hörbar war: »Mach keinen Mucks. Ich bin sofort wieder da.«

Sie machte auf dem Absatz kehrt und steckte die Axt zurück in die Lederschlaufe. Sie brauchte beide Hände. Haushaltswaren. Die gab es hier. Das wusste sie. Einen Gang weiter fand sie, was sie suchte: Verschlussklammern und Scheren. Perfekt. Zurück zu den Tabletten, wo sie praktischerweise auch Desinfektionsmittel fand. Sie löste mit den Zähnen das Panzertape, das ihre Handschuhe mit der Lederjacke verband. Dann zog sie die Handschuhe aus und riss die Packung mit den Verschlussklemmen auf. Sie nahm eine rote heraus und übergoss sie reichlich mit dem Desinfektionsmittel. Ihre Hände desinfizierte sie ebenfalls.

»Okay, Kleines, ich habe keine Ahnung, ob das wehtut, aber da müssen wir eben durch. Mit dem Tintenfisch an der Leine kann ich dich jedenfalls nicht mitnehmen.«

Sie legte die Klemme dicht am Bauch des Babys um die Nabelschnur und klemmte sie zu. Obwohl sie in den letzten Wochen so viele Zombies geschnetzelt hatte, drehte es ihr dabei den Magen um.

Jetzt die Schere. Sie packte sie aus, desinfizierte sie und ein weiteres Mal ihre Hände, dann setzte sie die Schere an, schloss die Augen und machte *schnipp*. Sie atmete tief durch und machte die Augen wieder auf.

Das Baby sah sie an, als versuche es abzuschätzen, wer Dany war und was sie mit ihm vorhatte. Oder mit ihr. Das Baby war ein Mädchen. Es sah nicht so aus, als hätte das Durchtrennen der Nabelschnur ihr wehgetan.

Dany atmete auf. Sie warf einen Blick über die Schulter, um zu überprüfen, ob sie immer noch allein waren. Das waren sie, und das war gut so, denn entgegen ihrer Gewohnheiten hatte Dany angefangen zu sprechen. Das war weniger gut, denn es lockte Menschen an – lebende wie tote –; allerdings erschien es ihr in diesem Fall notwendig.

Bisher brüllte das Baby nicht, aber irgendwann würde es das mit Sicherheit tun. Und irgendwie hatte Dany das Bedürfnis, mit dem Kind zu sprechen.

»Du frierst bestimmt, hm?«, fragte sie. »Ich sag's dir gleich: ich habe noch nie ein Baby auf dem Arm gehabt und weiß nicht so genau, wie man das macht. Köpfchen stützen. Das habe ich mal gehört. Also, ich werde dich schon nicht fallenlassen. Das verspreche ich dir. Aber mach besser keine abrupten Bewegungen oder so.«

Sie hielt den Atem an, streckte die Arme aus und berührte das Menschlein. Der Körper war warm. Die Haut sehr weich trotz Blut und Käseschmiere. Dany griff fester zu und hob das

Bündel auf, das ihr wie die Schusswaffe zuvor unerwartet schwer erschien. Sie drückte es an sich und da fing das Baby leise an zu wimmern.

»Meine Lederjacke ist ganz schön kalt, oder? Das haben wir gleich. Halt noch ein bisschen durch. Als erstes brauchst du eine Windel. Aber das ist leicht. Wir sind nämlich in einem Drogeriemarkt, und da gibt es sowas. Das hat deine Mama sehr klug gemacht, dich hier zu bekommen.«

Bei dem Wort »Mama« sah sie sich nach der toten Frau um. Die war unverändert tot mit ihrem entblößten Unterleib und dem nur noch halb vorhandenen Kopf. Keine Spur von Bewegung. Und keine Spur von Maden. Gut so.

»Eine Windel also.«

Dany ging langsam, und die Bewegung schien das Kind zu beruhigen. Es stellte das Wimmern ein und sah Dany wieder ins Gesicht, wobei diese sich nicht sicher war, ob frisch geborene Babys überhaupt schon etwas erkennen konnten. Die Windeln hatten ein eigenes Regal, und Dany suchte die kleinste Größe heraus.

»Schau: die haben sogar einen Ausschnitt für die Nabelklemme. Jetzt brauchen wir noch Feuchttücher, um dich sauber zu machen, und einen Ort, wo ich dich ablegen kann.«

Sie drehte sich einmal im Kreis und entdeckte einen Wickeltisch. »Als Service für unsere Kunden« stand auf einem Schild darüber. Verrückt. Den hatte Dany nie bemerkt, und sie war hier recht oft einkaufen gewesen. Wahrscheinlich hatte sie einfach nicht darauf geachtet. Sie legte das Baby ab und riss das Paket mit den Windeln auf. Das Baby fing an zu greinen, und Dany streichelte ihm sanft die Brust. »Du darfst gleich wieder auf den Arm, versprochen. Aber ich kann nicht zulassen, dass du auf meine Lederjacke piescherst, okay? Und erst einmal müssen wir das Blut abwaschen.«

Sie öffnete das Paket mit den Feuchttüchern, die auf dem Wickeltisch bereitlagen und fing an, das Baby von Blut und Käseschmiere zu befreien. Das mochte das Baby gar nicht. Es bekam am ganzen Körper eine Gänsehaut und gab erstickte Schluchzer von sich.

Zum Glück fing es nicht direkt an zu brüllen. Dany sah sich unruhig um und entschied, es dabei zu belassen.

»Zuhause bekommst du ein richtiges Bad, ja?«, versprach sie, wobei es sie reichlich Überwindung kosten würde, so viel Wasser zu verschwenden. Egal. Ein Schritt nach dem anderen.

Sie sah sich die Windel an und atmete erleichtert auf. Die Form war relativ selbsterklärend und obwohl die Handgriffe ungewohnt waren, saß ihre erste angelegte Windel recht ordentlich.

»Dann schauen wir mal, ob wir Klamotten für dich finden. Ich glaube, die gibt es hier. Ist ja sowieso eine super-duper-Baby-und-Mami-Filiale und überhaupt die beste Drogerie der ganzen Welt.«

Nun, sie war nicht sicher, wie es der Welt ging und ob es außerhalb Deutschlands auch Zombies gab, aber mit ihrer Lieblingsdrogerie war es wohl vorbei, und vielleicht war sie gerade der letzte Mensch auf der Welt, der in den Genuss kam, bei Budnikowski einkaufen zu gehen. Tatsächlich fand sie ein ganzes Regal mit Babykleidung, die leider etwas komplizierter war als die Windel. Trotzdem gelang es ihr, das Würmchen warm einzupacken, und als sie das erledigt hatte, schlief das Kind in ihrem Arm ein.

Na super, dachte Dany. *Du bist mir ja eine große Hilfe!* Sie nahm die Wickelauflage vom Wickeltisch, warf sie auf den Boden und legte das Baby darauf ab.

»Dann besorge ich uns mal einen Einkaufswagen.« Obwohl Geld nicht mehr von Bedeutung war, hatte Dany immer einen Euro in einer ihrer Taschen. Alles, was sich in ihrer Wohnung befand, hatte sie mit Einkaufswagen transportiert. Das war diesmal ein Risiko, denn Einkaufswagen ratterten gewaltig auf dem Gehweg und die Strecke nach Hause war um einiges weiter als von ihrem Supermarkt um die Ecke. Aber es ging nicht anders. Wenn sie das Baby durchbringen wollte, brauchte sie eine ganze Menge Zeug. Und vermutlich würde eine Einkaufswagenladung kaum ausreichen.

»Einen Schritt nach dem anderen«, murmelte Dany, ging zurück zum Eingang und spähte durch eines der intakten Schaufenster nach draußen. Der Wind war aufgefrischt und trieb Müll und Unrat über den Parkplatz. Ansonsten rührte sich dort draußen nichts. Sie war inzwischen überzeugt davon, dass eine Gruppe lebendiger Menschen zumindest eine Zeitlang im Best Western gelebt hatte. Da lag es nahe, dass sie die Gegend von umherirrenden Untoten befreit hatten, wie es Dany in ihrem Straßenzug getan hatte. Aber eine hundertprozentige Sicherheit gab es nicht. Sie durfte zu keinem Zeitpunkt unaufmerksam sein. Noch etwas, das gerade schwieriger geworden war, da dieses kleine Wesen ebenfalls Aufmerksamkeit brauchte.

Dany riss sich vom Fenster los und schob ihren Euro in einen der Baby-Safe-Wagen, die eine Babyschale aus Plastik hinter dem Griff hatten. Sie zuckte zusammen, als es beim Rausziehen schepperte. Blöde Mistdinger. Egal. Sie hatte zu tun. Sie hatte es jetzt sehr eilig, nach Hause zu kommen. Der Wurm brauchte eine Milch und sie einen Kaffee.

Dany schob ihren Einkaufswagen durch die Gänge und füllte ihn mit allem, was ihr sinnvoll erschien. Sie fing mit den Windelpaketen an, da diese den meisten Platz wegnahmen. Sie schob sie alle unter den Einkaufswagen, doch es schienen ihr entsetzlich wenige zu sein. Obwohl sie keine Ahnung hatte, wie viele Windeln ein Baby am Tag verbrauchte, hatte sie das Gefühl, dass der Vorrat nicht lange reichen würde. Und dazu kam, dass das Baby ja wachsen würde. Wenn sie es durchbrachte, hieß das. Immerhin hatte sie keine Ahnung von Babys.

Egal. Einen Schritt nach dem anderen.

Als Nächstes kamen ein paar Pakete Feuchttücher in den Wagen. Die konnte man sowieso gebrauchen, denn Wasser war kostbar. Trotzdem packte Dany drei Flaschen Babyschaumbad ein. Außerdem ein Badewannenthermometer. Es folgten Kisten voller Babymilchpulver.

»Anfangsmilch von Geburt an bis zum 6. Monat«.

Dany unterdrückte ein Seufzen. So sehr sie auch versuchte, die Zukunftssorgen wegzuschieben, so hartnäckig drängten sie sich ihr immer wieder auf. Jetzt war der Wagen schon so beladen, dass sie gerade noch darüber gucken konnte. Sie nahm ihren Rucksack ab und füllte ihn mit Kleinkram. Babynagelschere und Haarbürste, Flaschen- und Saugerbürste, Milchpulverportionierer, ein Fieberthermometer, dazu zwei Fläschchen und zwei Doppelpacks Schnuller sowie eine Schnullerkette und zum Schluss Wundcreme. Den übrigen Raum in ihrem Rucksack füllte sie mit Tampons auf. An die hatte ihr Körper sie rechtzeitig erinnert. In die Lücken im

Einkaufswagen stopfte sie alles an Babykleidung, was da war. Bodys, Strampler und Mützchen. Zum Schluss blieb ihr Blick an einem Kuscheltier hängen. Sie hätte nicht sagen können, um welches Tier es sich dabei handelte, doch es schaute sie an, als wolle es unbedingt mit. Es war weiß mit beigefarbenen Streifen, hatte einen Kopf und einen flachen Körper wie ein Tuch. Und es war unglaublich flauschig. Dieses Tier wanderte in die Innentasche ihrer Lederjacke zu der Knarre, die Dany bereits wieder vergessen hatte.

Außer Atem kehrte Dany zu dem Baby zurück. Währenddessen hoffte sie für eine irrwitzige Sekunde, es würde einfach verschwunden sein. Aber da lag es, immer noch schlafend. Dany setzte ihm eine der Mützen auf und nahm es vorsichtig hoch.

»Alles klar, Schätzchen. Es wird Zeit, nach Hause zu gehen.

Behutsam legte sie das Kind in die viel zu große Babyschale, die ihr außerdem zu hart erschien. Dennoch wurde das Baby nicht wach und bevor Dany ihre Handschuhe wieder anzog, überprüfte sie schnell, ob es noch atmete. Dieser tiefe Schlaf kam ihr nicht normal vor, doch es schien alles in Ordnung zu sein. Sie schnallte die Kleine an, schlüpfte in die Handschuhe und befestigte sie notdürftig mit dem nicht mehr ganz so gut klebenden Klebeband. Es konnte losgehen. Zuerst musste sie jedoch etwas Lärm machen und hoffte nur, dass es weder Lebende noch Tote anziehen und auch das Kind nicht wecken würde.

Sie zog die langstielige Axt aus der Lederschlaufe und ging zu dem zerborstenen Fenster. Mit der Schneide entfernte sie die Reste des Sicherheitsglases bis zum Boden, um mit dem Einkaufswagen hindurchzukommen. Das war zum Glück gar nicht so laut wie erwartet. Erleichtert schob Dany den Wagen hindurch. Doch kaum an der frischen Luft, schlug die Anspannung sofort zu. Sie legte den Stiel der Axt parallel zum Griff des Einkaufswagens und krampfte die Hände um beides. Sie behielt ihre Umgebung im Blick und entschied spontan, nicht zur Hauptstraße zurückzukehren, sondern die Nebenstraßen zu nehmen. Ein Fehler, den sie kein zweites Mal begehen würde. Später würde sie sich daran erinnern, dass ein einmal sicherer Weg immer besser war als ein nie beschrittener, aber in dem Moment riet ihr Instinkt ihr einfach davon ab, noch einmal am Best Western vorbeizugehen. Sie achtete mehr auf die Umgebung als auf den Weg und vergaß dabei die Schiene des Zufahrtstores.

Ein Rad des Wagens verkeilte sich. Das schwere Gefährt drohte zu kippen. Panisch sprang Dany zur Seite, drehte sich mit dem Wagen um die eigene Achse, um ihn zu stabilisieren, und bekam ihn im letzten Moment zurück auf alle vier Räder gestellt. Aber ihre ins Rutschen geratene Axt bekam sie so schnell nicht zu fassen. Scheppernd landete die Waffe in einem Haufen leerer Konservendosen. Dany hielt den Atem an. Direkt an der Zufahrt zum Budnikowski, keine zwei Meter von ihr entfernt, parkte ein Auto. Die Türen standen offen, und die untoten Fahrgäste sahen träge zu ihr auf.

Eine Sekunde lang war Dany wie erstarrt.

Eine Sekunde lang herrschte Stille, als hielte die Welt mit ihr den Atem an, als wäre die Zeit stehengeblieben. Dann war die Sekunde um und die Zombies erwachten grunzend und fauchend zum Leben. Ungelenk versuchte sich der ehemalige Fahrer aus seinem Sitz zu befreien. Lediglich der Anschnallgurt hinderte ihn daran, sich einfach hinauszufallen zu lassen.

Die Frau an seiner Seite war weniger ungelenk. Sie versuchte, sich an ihm vorbei zu zwängen, und kletterte auf seinen Schoß. Und als ob sich Dany an diesem Tag nicht schon genug Probleme eingeheimst hätte, betätigte sie mit dem Hintern die Hupe und mit dem Knie den Gurtöffner ihres Partners, so dass beide in inniger Umarmung aus dem Wagen fielen.

Dany löste sich aus ihrer Erstarrung, bugsierte den Einkaufswagen in ein Gebüsch, hob ihre Axt auf und zog zeitgleich das Beil aus der Schlaufe. Die Frau hatte sich als erstes wieder aufgerappelt, doch Dany beförderte sie mit einem gezielten Axthieb ins rechte Knie wieder auf den Boden. Bis dahin hatte sich ihr Gefährte auf alle Viere hochgestützt. Dany ließ das Beil fallen, um die Axt mit beiden Händen fassen zu können und versenkte die Schneide in seinem Nacken. Dort blieb sie erst einmal stecken, aber der Zombie brach grunzend zusammen.

Blitzschnell traf Dany die Entscheidung, die Axt loszulassen, hob stattdessen das Beil auf und wirbelte herum. Genau rechtzeitig, um der Frau das Blatt direkt in die Stirn zu zimmern. Hektisch schaute sie sich um. Die Zombies rührten sich nicht mehr. Der Adrenalinschub verpuffte allmählich, und sie konnte wieder klare Gedanken fassen. Sie stellte einen Fuß auf den Kopf des Fahrers und schaffte es endlich, die große Axt mit einem schmatzenden Geräusch aus dem Untoten zu befreien. Sie versuchte langsam zu atmen, sammelte ihre Gedanken, schaute sich um und kehrte zum Einkaufswagen zurück.

Das Baby schlief.

Dany legte die Axt wieder griffbereit auf den Wagen und steckte das Beil zurück in den Gürtel. Noch einmal schaute sie sich prüfend um, dann trat sie den Heimweg an. Den

Droopweg entlang. Vorbei am Motel 21, das Dany schon vor der Zombieapokalypse unheimlich gefunden hatte und das sie aus unzähligen toten Fenstern zu beobachten schien. Diagonalstraße. Zwischen den Häusern durch.

Das Kind schlief immer noch, als Danys Wohnhaus endlich in Sicht kam. Dany fragte sich, ob es überhaupt noch am Leben war, aber mit den dicken Lederhandschuhen konnte sie weder Puls noch Atmung überprüfen. Auf den letzten Metern neigte sie gern dazu, unvorsichtig zu werden, und diesmal gesellte sich die Sorge um das namenlose Kind dazu, obwohl Dany versuchte, diese hinter praktischen Überlegungen zu verstecken.

Wenn das Kind nicht mehr lebte, hatte sie jedenfalls den ganzen Babykrempel umsonst mitgenommen. Kurz vor dem Tor zum Vorgarten kreuzte eine Ratte ihren Weg und sprang ihr fiepend über den Stiefel. Beinahe hätte Dany laut aufgeschrien. Verdammtes Vieh! Sie drehte sich und den Wagen um und schob das Tor zum Vorgarten mit dem Hintern auf. Dann bugsierte sie den vollen Einkaufswagen hindurch und wuchtete ihn die drei Stufen vor der Eingangstür hinauf. Das Gefährt wackelte bedrohlich und Dany musste ihre gesamte Kraft aufbringen, damit es nicht umkippte. Selbst davon wurde das Kind nicht wach.

Du hast ja echt die Ruhe weg, dachte Dany, doch dahinter lag ein anderer Gedanke, ein zarter Gedanke, der nicht so recht zu ihr zu passen schien: *Bitte, sei nicht tot! Bitte, lass mich nicht allein!*

Sie hielt den Wagen mit einer Hand fest und fummelte den Schlüssel aus der Reißverschlusstasche. Schnell schloss sie die Tür auf und zog den Einkaufswagen hindurch. Lautlos fiel die

Tür ins Schloss und Dany schob das Visier hoch. Sie schloss die Tür ab, öffnete die Schnallen vom Gurt der Babyschale und nahm das Kind heraus. Es regte sich ein wenig, und vor Schreck hätte Dany das Mädchen fast fallengelassen. Schnell drückte sie es an sich.

»Gleich geschafft, kleiner Schatz«, wisperte sie. »Ich bringe dich in die Wohnung und hole anschließend unsere Sachen. Das wird schon.«

Gewissenhaft überprüfte Dany all die schattigen Ecken und Winkel im Treppenhaus, während sie hinauf in den ersten Stock ging. Noch bevor sie die letzte Stufe erklommen hatte, konnte sie Herrn Fassoulas hören, und verrückterweise war sie erleichtert darüber, dass es ihm gut ging. Seine halb verrottete Hand ragte durch den Türspalt und tastete nach etwas Essbarem. Sie konnte ihn schnüffeln hören.

»Hallo, Herr Fassoulas!«, grüßte sie ihn. »Schön, Sie zu sehen. Sie waren so still heute Morgen.«

Sie betrachtete das Baby in ihren Armen, und ein Schauer überlief sie eiskalt, als ihr klar wurde, wonach ihr verwesender Nachbar schnüffelte.

»Tut mir leid. Aber das ist nicht für Sie. Das gehört mir.«

Sie machte einen großen Bogen um die tastende Hand und schloss ihre Wohnungstür auf. Mit einem Satz war sie in der Wohnung, schob die Tür zu und schloss einen Moment lang die Augen. In den letzten Monaten war das Zombieding ihre Realität geworden. Am Anfang hatte sie ständig das Gefühl gehabt, das wäre alles nicht real, und sie müsse jeden Moment in ihrem Bett aufwachen und feststellen, dass sie einen Termin beim Arbeitsamt verpennt hatte oder was auch immer. Ihre Mutter würde sie anrufen und fragen, wie es gelaufen war, und

auf Facebook würde sie über ihren unfähigen Sachbearbeiter herziehen. Jetzt war es anders. Jetzt stand sie hier mit dem Baby im Arm und war überzeugt davon, dass es sich in etwas Totes, Lebloses, Stinkendes, von Maden W
immelndes verwandelt hätte, sobald sie die Augen öffnete. Doch als sie die Augen aufschlug, war da ein kleines, freundliches Gesicht mit strahlend blauen Augen, die sie neugierig ansahen.

»Du kommst bestimmt um vor Hunger. Und du bist ein echt seltsames Baby. Die, die ich in meinem Leben bisher kennengerlernt habe, haben jedenfalls gebrüllt. Immer und ständig. Und du hast wirklich allen Grund zu brüllen.«

Keine Reaktion. Das Kind sah sie weiterhin nur an. Vielleicht fragte es sich, ob Dany sich auch gleich in den Kopf schießen würde. Und dann würde der nächste kommen und sie mitnehmen. Und so weiter und so fort. Babyfegefeuer. Dany presste die Lippen aufeinander. Blöde Gedanken. Weg damit!

»Wir legen dich erst einmal hierhin.« Sie legte das Kind auf dem blauen Sessel ab. »Und dann legen wir die Rüstung ab. Das mache ich sonst nicht, weißt du? Eigentlich ist das Treppenhaus sauber, aber ich gehe ungern Risiken ein. Daher behalte ich die Kluft normalerweise an, wenn ich die Einkäufe raufhole. Doch heute machen wir das anders. Denn ohne Kluft bin ich schneller. Zuerst der Helm.«

Sie zog den Helm ab und schüttelte ihre Haare. Lachen konnte das Baby wohl noch nicht, trotzdem hatte Dany das Gefühl, ihre Augen würden noch einen Tick strahlender werden. Im Nu hatte sie Handschuhe und Jacke abgelegt. Bloß die Hose und die Stiefel behielt sie an. In der Küche setzte sie einen Topf mit Wasser auf den Campingkocher.

»Ich hole schnell ein Paket Windeln, ein Paket Feuchttücher und ein Paket Milchpulver. Den Rest hole ich, wenn du schläfst. Also ... fall da bitte nicht runter. Ich bin sofort zurück!«

Es fühlte sich scheiße an, das Baby zurückzulassen. So richtig scheiße. Schlimmer als ihre ersten Ausflüge in diese apokalyptische Welt. Und als Dany die Tür wieder aufschloss, raste ihr Herz wie verrückt, und sie hatte wahnsinnige Angst, das Baby könnte tot sein oder verschwunden oder überzogen von Maden. Tatsächlich war das Kind alles andere als begeistert davon, dass Dany fortgegangen war. Es brüllte nicht, greinte jedoch wieder. Dany ließ die drei Pakete auf den Boden fallen und eilte zu ihr.

»Hey, hey, hey«, sagte sie liebevoll. »Es ist alles gut! Schau! Da bin ich doch schon wieder. Alles ist gut.«

Sie nahm das Baby auf den Arm, und es hörte augenblicklich auf zu weinen.

»Komm, wir gehen in die Küche und machen dir ein Fläschchen. Und dann kuscheln wir uns ins Bett und ich lese dir etwas vor. Das wird toll. Ganz toll wird das. Ich verspreche es dir!«

Die Flasche auszupacken, ohne das Baby abzulegen, war eine Herausforderung, die sie irgendwie meisterte. Gründlich las sie sich durch, wie man die Milch zubereitete. Als das Fläschchen endlich fertig war, war das Baby trotz Körpernähe wieder unruhig geworden. Es hatte wahrscheinlich wirklich riesigen Hunger, doch die Milch war viel zu heiß.

Dany griff den Sauger mit den Zähnen und schob Windeln und Feuchttücher mit dem Fuß vor sich her ins Wohnzimmer. Dort setzte sie sich mit dem Baby aufs Sofa und zog die Decke über die Beine.

»Es ist ein bisschen kalt in meiner Wohnung, weil die Heizung nicht mehr geht«, erklärte sie. »Aber wir machen das schon, ja?«

Sie überprüfte, wie heiß die Milch noch war und entschied, dass sie es riskieren konnte. Sie brauchte einen Moment, bis sie eine bequeme Position gefunden hatte, und fürchtete, das Köpfchen nicht richtig zu stützen. Als sie schließlich zufrieden war, berührte sie mit dem Sauger die Lippen des Kindes, das suchend den Kopf bewegte. Ein Lächeln schlich sich auf Danys Lippen. Dann dockte das Kind an und begann gierig zu saugen. Dany durchlief ein Glücksgefühl, wie sie es in ihrem Leben noch nicht verspürt hatte. Einen Moment lang sah es so aus, als würde das Baby direkt wieder einschlafen, doch als es die letzten Tropfen getrunken hatte, sah es Dany an mit diesem glasklaren, wissenden Blick. Dany fuhr mit zwei Fingern über das feine Gesicht, strich über die Stirn, die Schläfen und die Nase. Über die dünnen, roten Haare. Während sie das tat, waren ihre Gedanken auf einmal still, und sie hätte nicht sagen können, wann sie sich zuletzt so friedlich gefühlt hatte.

»Du hast dir einen beschissenen Ort und eine beschissene Zeit ausgesucht, um geboren zu werden. Und ich fürchte, du hast dir auch eine ziemlich beschissene Ersatzmama ausgesucht. Aber ich verspreche dir hoch und heilig, dass ich dich beschützen werde, so gut es geht. Und wenn es mal so weit sein sollte, werde ich keinen feigen Abgang machen wie deine richtige Mama, okay?«

Das Kind runzelte die Stirn und sah sie skeptisch an. Dany hatte nicht gewusst, dass Babys so skeptisch gucken konnten.

Sie seufzte.

»Okay, pass auf. Wir reden nicht über das, was da im Drogeriemarkt war, ja? Ich bin jetzt … deine Mama.«

Es fühlte sich extrem seltsam an, sich so zu bezeichnen. Gerade sie, die nie im Leben daran gedacht hätte, jemals Kinder in die Welt zu setzen. Trotzdem fühlte es sich auch irgendwie richtig an, denn dieses Kind brauchte eine Mama. Es brauchte keine Dany, die sich so durchschlug, Dinge hamsterte und die Zombieapokalypse nutze, um ihren SUB abzubauen. Es brauchte eine Mama. Dany straffte die Schultern und versuchte es noch einmal.

»Ich bin jetzt deine Mama. Und Mama muss sich mal eben um ihren Wochenfluss kümmern. Oder so ähnlich.«

Sie stand auf und nahm das Kind mit ins Badezimmer, das nach wie vor penetrant nach Franzbranntwein roch. Dany legte das Kind in dem kleinen Flur vor dem Badezimmer ab und versorgte sich mit einem frischen Tampon. Die vielen Windeln würden ein Problem werden. Überhaupt war Müll ein Problem.

Anfangs hatte Dany ihren Unrat weiterhin in den Müllkeller gebracht, wohlwissend, dass er niemals wieder abgeholt werden würde. Schließlich war sie dazu übergegangen, ihre Müllsäcke in die Container vom Mietshaus gegenüber zu werfen. Aber da würde es ebenfalls bald eng werden. Und der Müll zog natürlich Ratten an. Und er stank fast so bestialisch wie die madenverseuchten Zombies. Darüber wollte sie an einem anderen Tag nachdenken. Jetzt sollte dieses kleine Wesen erst einmal ankommen.

»Ich schätze, ich muss dir einen Namen geben«, murmelte Dany. »Aber erst zeige ich dir den Rest der Wohnung.«

Sie reinigte ihre Hände mit dem Waschgel, nahm das Kind wieder auf den Arm und trug es von Zimmer zu Zimmer.

»Hier sind meine Bücher. Die liebe ich, weißt du. Ich lese dir nachher mal etwas vor, dann weißt du, was ich meine. Das hier ist meine Küche. Etwas vollgestellt, aber es geht.«

Dabei fiel ihr der Einkaufswagen ein, der unten im Hausflur stand. Es war eigentlich nicht ihre Art, die Vorräte im Treppenhaus zu belassen. Sie war sich zwar ziemlich sicher, dass keiner ihrer Nachbarn mehr am Leben war und niemand ihr die Vorräte stehlen würde, trotzdem machte es sie nervös.

»Gut. Das ist mein altes Arbeitszimmer. Jetzt ist es ein Lager. Und da hinten ist der Balkon. Da baue ich etwas Gemüse an. Und zum Schluss: hier ist das Schlafzimmer. Du kannst bei mir im Bett schlafen und wir machen uns vorher eine schöne Wärmflasche, ja?«

Wie aufs Stichwort begannen die Augenlider des Babys zu flattern.

»Du bist ganz schön müde, hm? War auch ein aufregender erster Lebenstag. Komm, wir machen es uns gemütlich.« Dany kniete sich auf die Matratze und legte das Baby an die Wand. Dann zog sie die steife Lederhose aus und kroch unter die Decke. Das Kind wickelte sie in eine dünne graue Wolldecke, die sie beim Lesen gerne über ihre Beine warf.

»Ich hoffe, das ist warm genug«, murmelte sie.

»Das Buch, das ich gerade lese, liegt im Wohnzimmer. Aber mein Lieblingsbuch liegt immer neben meinem Bett. Es heißt *Der Name des Windes* und ich ...«

Dany stutzte, nahm das Buch in die Hand und blätterte darin.

»Auri«, wisperte sie und betrachtete das kleine Mädchen, das neben ihr im Bett lag. »Auri. Ich werde dich Auri nennen.« Auris Augenlider schlossen sich, und plötzlich war das Baby eingeschlafen. Der zierliche Brustkorb hob und senkte sich rhythmisch und auch Dany wurde ganz ruhig. Vermutlich würde sie in der nächsten Zeit nicht mehr so viel Schlaf bekommen, wie sie es gewohnt war. Also legte sie sich hin, zog die Decke über sich und schlief binnen Sekunden ein.

Zwei oder drei Stunden später schreckte Dany hoch. Es war stockdunkel um sie herum. Ihr einziger Gedanke galt Auri. Sofort griff sie nach der Campinglampe neben dem Bett und drehte sie an. Auri war wach und musterte sie mit diesem sonderbaren Blick. Dany atmete tief ein und aus und versuchte, sich zu beruhigen. Es war seltsam. Sie hatte erwartet, nach dem Aufwachen erst einmal davon auszugehen, dass das Baby ein Traum gewesen war. Vielleicht eine Halluzination geboren aus ihrer Einsamkeit. Aber es war genau andersherum. Es fühlte sich an, als wäre Auri schon immer da gewesen und die letzten Monate in Einsamkeit nichts weiter als ein Albtraum.

»Hast du Hunger?«, fragte sie. »Du solltest dir angewöhnen, zu schreien, wenn du Hunger hast. Gemeinhin machen Babys das so. Habe ich zumindest gehört.« Dany hatte keine Ahnung, wie oft ein Baby eine Milch oder eine neue Windel brauchte. Zwei, drei Stunden erschienen ihr jedoch angemessen für so einen kleinen Magen. Sie schlug die Decke zurück und bemerkte, wie kühl es im Zimmer war. Bislang war ihr das nicht so aufgefallen. Also, sie hatte schon ab und zu gefroren, sich jedoch damit getröstet, dass Kälte besser für die Lebensmittel war, sich eine Wärmflasche gemacht, Handschuhe angezogen und sich wieder ins Bett verkrümelt.

Aber jetzt …

»Das ist zu kalt für ein Baby«, entschied sie, ohne sich der Tragweite dieser Worte bewusst zu sein. Sie nahm Auri auf den Arm und stand mit ihr auf. »Wir bräuchten für dich ein Zuhause mit einem Kamin.«

Sie hob die Campinglampe auf und ging in den Flur. Dort blieb sie wie angewurzelt stehen. So unvorsichtig zu sein und einfach in den Flur zu stürmen wie früher … das war ihr seit Beginn der Apokalypse noch nie passiert! Sie ging nicht davon aus, dass sich in den letzten Stunden jemand in ihre Wohnung geschlichen haben könnte, trotzdem durfte sie nicht unaufmerksam sein. Niemals! Sie lauschte angespannt und hoffte, dass die Stille ihr heftig wummerndes Herz beruhigen würde, aber es war nicht still. Da waren ein Hämmern und ein Jaulen, ein Krächzen und Stöhnen. Kein Chor. Ein Solokonzert. Zum Glück. Herr Fassoulas tobte in seiner Wohnung und donnerte gegen die Wand, dass Dany nicht erstaunt gewesen wäre, wenn ihre Bücher aus den Regalen gefallen wären. Dany betrachtete das Baby in ihren Armen. Er tobte seinetwegen. Danys Geruch kannte er. An Dany kam er nicht heran. Dany brachte ihm manchmal Ratten, wenn er unruhig wurde. Oder wenn sie zu lange nichts von ihm hörte. Doch das hier – das war etwas Besseres als eine Ratte. Das war zartestes Menschenfleisch. Und in diesem Augenblick wurde ihr klar, dass sie ihn töten musste. Oder hieß es vernichten, wenn etwas bereits tot war?

»Wir machen dir erst einmal eine Milch«, sagte sie laut und leuchtete einmal in jedes Zimmer, bevor sie mit Auri in die Küche ging und Wasser aufsetzte. »Ich müsste hier irgendwo eine Thermoskanne haben. Die können wir uns ans Bett stellen. Dann müssen wir nicht immer gleich aufstehen.«

Während sie darauf wartete, dass das Wasser kochte, wickelte sie Auri auf dem blauen Sessel. Das Baby bekam eine Gänsehaut und greinte leise. Pechschwarzer Kot war in der Windel. Dany reinigte das Kind gründlich und verpackte es wieder in Windel und Kleidung.

»Wir werden umziehen müssen«, murmelte sie, während sie die Milch zubereitete. Anschließend füllte sie das Wasser aus ihren Wärmflaschen in den Kochtopf und erhitzte es ebenfalls, um die Flaschen neu zu befüllen. Sie fand, es war nicht notwendig, dafür jedes Mal frisches Wasser zu nehmen. »Nur wohin?«

Ihre Eltern hatten ein Haus mit einem Kamin. Und ihre Mutter hatte schon ein riesiges Vorratslager gehabt, ehe es auch nur Anzeichen eines drohenden Weltuntergangs gegeben hatte. Außerdem hatte Dany ohnehin längst nach ihren Eltern sehen wollen. Aber wie sollte sie nach Harburg kommen?

»Die haben bestimmt die Brücken zerbombt«, überlegte sie laut. Machte man das nicht so? Um eine Bedrohung aufzuhalten? Selbst wenn sie davon ausging, dass die Elbbrücken noch standen, blieb ihre Idee idiotisch. Vor der Zombiegeschichte war man gut 30 Minuten gefahren. Mit dem Auto. Dany hatte jedoch kein Auto. Und fahren konnte sie auch nicht.

»Aber Herr Fassoulas hat ein Auto«, fiel ihr ein. »Und wenn ich dich beschützen will, muss ich ihn sowieso töten.«

Sie befüllte die Wärmflaschen, klemmte sie sich unter den Arm und stopfte Auris Milchflasche dazu.

»Gleich wird dir schön warm«, versprach sie dem Kind, kehrte mit ihm ins Bett zurück und gab ihm sein Fläschchen. Langsam, aber sicher entstand in ihr ein Plan. Ein verrückter, total bescheuerter Plan, den sie trotzdem zu Ende denken musste. Nicht unbedingt ausführen, aber wenigstens zu Ende denken. Sie würde rüber gehen, wenn Auri schlief. Mit dem Bolzenschneider aus dem Fahrradkeller, wo sie auch die Motorradkluft gefunden hatte, würde sie die Kette durchtrennen. Sie würde Herrn Fassoulas töten und seinen Autoschlüssel suchen. Dann würde sie herausfinden, welches der Autos da draußen seines war, so viele Vorräte wie möglich hineinpacken und mit Auri nach Harburg fahren. Sie würde feststellen, ob ihre Eltern am Leben waren, ob das Haus überhaupt noch stand, was beides recht unwahrscheinlich war. Und wenn nicht? Vielleicht ins Alte Land? Da gab es uralte Häuser, die meisten mit Kachelöfen. Und es gab Obstplantagen, soweit das Auge reichte. Sie konnte sich nicht vorstellen, dass die anderen Nationen die Siedlungen zerbombt hatten, wo ohnehin immer nur wenig Menschen gelebt hatten. Menschen. Die würde es da vermutlich geben. Schließlich war sie nicht die Einzige, die von dem größten Obstanbaugebiet Deutschlands wusste. Sie sah Auri an, die schon wieder fast eingeschlafen war.

»Aber wenn der Winter kommt, wirst du mir hier erfrieren.«Und damit war es entschieden.

Sie verbrachten die Nacht eng aneinander gekuschelt. Dany fühlte sich so glücklich wie noch nie in ihrem Leben, und das, obwohl sie ständig hochschreckte und überprüfte, ob sie sich nicht vielleicht im Schlaf auf dieses kleine, zerbrechliche Wesen gerollt hatte. Aber es war alles in Ordnung. Als der Morgen kam und das staubige Licht ins Schlafzimmer fiel, wünschte Dany, es gäbe die Bretter vor den Fenstern nicht. Sie wünschte sich, dass Auri vor den französischen Fenstern im Wohnzimmer liegen und rausgucken könnte. Auf Häuser mit bunten Blumen auf den Balkonen. Mit Menschen auf den Straßen, die mit ihren Hunden spazieren gingen oder Einkäufe nach Hause brachten. Doch das alles war vorbei, und in Danys Wohnung herrschte graues Dämmerlicht. Sie machte sich einen Kaffee und Auri eine Milch und baute dem Kind im Wohnzimmer ein Nest aus Decken und Wärmflaschen.

»Ich muss jetzt gleich runtergehen und unsere Sachen raufholen. Es ist unwahrscheinlich, aber es könnte sein, dass mir unterwegs etwas zustößt und ich nicht zu dir zurückkommen kann.«

Sie war sich bewusst, dass das Baby kein Wort von dem verstand, was sie da von sich gab, aber sie erzählte es ihm trotzdem.

»Wenn ich das geschafft habe, werde ich dich nie wieder alleinlassen. Ich weiß, ich habe dir das schon einmal versprochen. Und wir werden nicht über den Drogeriemarkt reden. Und ...«

Sie seufzte und fand die richtigen Worte nicht mehr. Auri sah sie an mit diesem klaren, so wissenden Blick, der ihr bis ins Mark ging, und der Gedanke, dass sie verhungern würde, wenn sie nicht zurückkam, machte sie völlig fertig. Mit dem Baby auf dem Arm würde sie jedoch mindestens doppelt so oft gehen müssen. Wenn sie doch nur so ein cooles Tragetuch hätte! Da fiel ihr etwas anderes ein, das sie vollkommen vergessen hatte. Sie sprang auf, ging in den Flur und zog das Stofftier aus der Tasche ihrer Lederjacke. Dann kehrte sie zu Auri zurück.

»Schau mal, kleiner Schatz«, sagte sie und hielt ihr das Stofftier hin. »Das schenke ich dir. Ich weiß nicht genau, was es darstellen soll. Es könnte eine Giraffe sein. Oder ein Zebra. Vielleicht aber auch eine Kuh. Daher nennen wir es Gizeku. Gizeku passt jetzt auf dich auf, während ich die Sachen raufhole, ja?«

Sie drückte Auri einen Zipfel des Schmusetuchs in die Faust und setzte einen Kuss auf ihre Stirn.

»Ich bin gleich wieder da.«

Ausnahmsweise verzichtete Dany auf ihre schwere Lederkluft. Ihr hatte noch nie jemand im Treppenhaus aufgelauert, und die Wahrscheinlichkeit, dass es diesmal geschehen würde, war verschwindend gering, obwohl sie nicht annähernd so vorsichtig war wie sonst.

So schnell es ging, holte sie die Windelpakete und den anderen Kram herauf und schaffte alles in ihre Wohnung. Und Auri war das liebste Baby der Welt. Dany kannte Babys nur aus Erzählungen und von gelegentlichen flüchtigen Begegnungen. Keines davon hatte Auri geglichen. Sie war so still und genügsam. Ja, sie kuschelte gern und sie wollte alle paar Stunden eine Milch und eine frische Windel, aber selbst, wenn sie sich unwohl fühlte, ließ sie sich das kaum anmerken. Während Dany die Einkäufe in die Wohnung brachte, wartete sie geduldig, und Dany platzte vor Stolz auf ihre Tochter.

Die nächsten Tage verbrachte Dany damit, Listen zu schreiben. Sie würde nicht viel mitnehmen können und das, was sie mitnahm, musste für Auri und sie reichen. Sie wusste nicht genau, was für ein Auto Herr Fassoulas besessen hatte, meinte jedoch, es wäre ein Kombi gewesen.

Trotzdem würden die Vorräte vermutlich bloß für eine Woche reichen. Vielleicht zwei. Und Dany trauerte bereits um ihre Bücher. Um ihre Wohnung an sich. Sie hatte gute Jahre hier verbracht. Es war ihr Zuhause. Ihr ganzes Leben war hier drin.

Sie betrachtete das Baby, das an seinen Fingern saugte, und flüsterte: »Du bist jetzt mein Leben.«

Sie schob es vor sich her. Sie ignorierten das Toben des Zombies nebenan und verbrachten die Tage hauptsächlich im Bett. Dany las Auri vor und versuchte, sich in die Mutterrolle einzufinden, was ihr erstaunlich leichtfiel. Wenn Auri schlief, schlief sie auch oder schrieb an ihren Listen, rechnete, überdachte den Plan, rechnete wieder und verzweifelte darüber. Sie wusste nicht genau, welcher Monat, welcher Tag war, aber der Herbst hatte begonnen. Die Blätter der Bäume verfärbten sich. Es wurde kälter, und die Obstbäume im Alten Land würden voller Früchte sein. Dany wusste, dass Auri einen Winter in dieser Wohnung vermutlich nicht überleben würde. Es wurde Zeit. Zeit zu handeln. Zeit zu töten.

Als Dany Auri an diesem Abend ihre Nachtmilch gab, versuchte sie, sich vorzubereiten, sich gedanklich darauf einzustellen, doch es wollte ihr einfach nicht gelingen. Die Zombies, die sie bisher getötet hatte, hatte sie nicht gekannt. Es waren namenlose, umherwandelnde Dinger, die vor Maden nur so wimmelten. Überall diese widerlichen weißen, sich windenden Würmer! Dany hatte in ihrem früheren Leben schon ab und an mal einen Zombiefilm gesehen; diese Maden waren allerdings nicht darin vorgekommen. Das wäre wahrscheinlich selbst dem hartgesottensten Regisseur zu eklig gewesen.

Wenn ein Stöhner den Mund aufriss, quollen sie heraus wie ein Schwall weißer Milch. Und instinktiv wusste Dany, dass es die Maden waren, die das Unheil über sie bringen würden. Darum hatte sie alles, was sie in ihrer Wohnung hatte, zuvor auf Maden untersucht.

Wenn sie Herrn Fassoulas eine Ratte brachte, achtete sie darauf, dass keine der Maden, die im Treppenhaus landeten, überlebte. Sie durften nicht auf ihren Stiefeln oder sonstwo auf ihrer Kleidung sein. Maden im Treppenhaus zerdrückte sie mit einem Besen und sie hatte das Treppenhaus akribisch sauber gehalten, bevor sie Auri begegnet war. Seitdem sie jedoch den Einkaufswagen geleert hatte, hatte sie ihre Wohnung nicht mehr verlassen.

Morgen, dachte sie. *Morgen werde ich es tun.*

Sie legte das Baby, das beim Milchtrinken eingeschlafen war, neben sich und löschte das Campinglicht. Morgen.

Dany ließ den nächsten Morgen ruhig angehen. Sie trank ihren Kaffee und beriet sich mit Auri. Das war natürlich Quatsch, dennoch war sie dazu übergegangen, ihre Gedanken laut auszusprechen. Sie ließen sich dadurch besser ordnen, und außerdem schien Auri ihre Stimme zu mögen. Noch tat das Baby nicht viel. Es trank, machte die Windeln voll und sah sie oft einfach nur an. Aber in diesem Blick war so viel. So viel Liebe und Vertrauen, und Dany wollte dieses Vertrauen auf keinen Fall enttäuschen. Als Auri schläfrig wurde und Dany darauf wartete, dass ihre Milch die richtige Trinktemperatur hatte, wurde es ernst.

»Ich werde dich gleich wieder für einen Moment alleinlassen müssen. Ich hoffe, es ist das letzte Mal, und ich kann mich danach für immer an mein Versprechen halten. Du wirst es nicht merken. Ich gehe, wenn du schläfst. Und Gizeku wird auf dich aufpassen.«

Früher hatte Dany es verabscheut, wenn Eltern ihre Kinder belogen und ihnen vom Weihnachtsmann erzählten. Jetzt sah sie das anders. Wer wollte die Wahrheit schon hören? Was hätte sie sonst sagen sollen? Wenn ich gebissen werde, komme ich zurück und fresse dich als erstes, damit du nicht elendig verhungern musst? Toller Trost! Sie seufzte.

»Wird schon schiefgehen. Ich bin ja bloß nebenan. Und du wirst schön und sicher schlafen. Ich glaube, die Milch ist soweit.«

Sie ging mit Auri ins Schlafzimmer, kuschelte sich mit ihr ins Bett und gab ihr die Milch. Dany versuchte, den Moment festzuhalten. Ihr Schlafzimmer. Ihr Bett. Der Schrank mit den Klamotten. Mit den unzähligen Handtüchern. Viel zu viele. Sie wusste, wenn sie ging, würde sie das alles niemals wiedersehen.

Wie erwartet schlief Auri ein. Langsam kannte Dany ihren Rhythmus. Sie schlief viel und auch, wenn sie wach war, war sie sehr ruhig. Vielleicht hatte sie schon in der Zeit im Bauch ihrer Mutter begriffen, dass diese Welt keine war, in der man laut rumbrüllen sollte. Dany bettete sie sicher, rollte ihre Decke zusammen und legte sie um das Kind herum, damit es nicht aus dem Bett fallen konnte. Gizeku platzierte sie in Griffweite. Dann ging sie in den Flur und zog ihre Kluft an. Diesmal war sie noch gewissenhafter als sonst, denn diesmal gab es einen Grund, heil zurückzukehren.

Als sie in die Lederjacke schlüpfte, fiel ihr die Pistole ein, die sie neben Auris Mutter gefunden hatte. Dany betrachtete sie eine Weile ratlos, dann legte sie sie in den Garderobenschrank. Sie wusste nichts damit anzufangen, und der Lärm eines Schusses würde bloß andere Zombies oder im schlimmsten Fall sogar andere Menschen anlocken. Nein, eine Axt war wesentlich leiser.

Dany klebte alle Ritzen, in denen sich Maden verkriechen könnten, mit Klebeband ab, ließ ihre Waffen in die Lederschlaufen gleiten und griff den Bolzenschneider.

Bevor sie ging, warf sie einen letzten Blick ins Schlafzimmer und tat etwas, das sie seit Jahren nicht gemacht hatte. Sie betete. Zu wem oder was auch immer.

»Bitte, beschütze mein Baby. Bitte, mach, dass ich zu ihr zurückkomme. Gesund und ohne Maden.«

Sie klappte das Visier herunter und verließ ihre Wohnung.

Die Umstände waren perfekt. Die Tür war offen, die Kette, wo sie hingehörte, und Herr Fassoulas irgendwo in der Wohnung, aber nicht im vorderen Flur. Wäre nur irgendetwas anders gewesen, wäre Dany umgekehrt und hätte ihr Glück an einem anderen Tag versucht.

Sie ging keine Risiken ein. Jetzt erst recht nicht mehr. Sie nahm den Bolzenschneider und durchtrennte die Türkette. Es ging viel leichter, als sie erwartet hatte. Und so gut wie lautlos. Sie legte den Bolzenschneider auf der Fußmatte ab, nahm die Axt aus der Schlaufe und stieß die Tür mit der Stiefelspitze auf. Sie hatte die Wohnung ihrer Nachbarn noch nie betreten, bloß ab und zu einen Blick hineingeworfen, wenn Frau Fassoulas ein Paket für sie angenommen hatte. Oft hatte es nach frischem Apfelkuchen gerochen. Nach Familie. Zwei Kinder hatten ihre Nachbarn gehabt. Die Große studierte bereits, der Kleine steckte im Abitur. Nette Kinder. Nette Nachbarn. Stets freundlich und hilfsbereit.

Von der ehemals gemütlichen Einrichtung war nicht viel übrig. Der eingesperrte Zombie hatte alles kaputtgeschlagen. Überall lagen Rattenkadaver herum und es wimmelte vor Maden. Ob es Zombiemaden waren oder normale oder beides gemischt, vermochte Dany nicht zu sagen. Das Adrenalin rauschte durch ihren Körper. Ihre Sinne waren geschärft. Ihr Herz schlug wie verrückt, und sie schwitzte heftig. Immer wieder dachte sie an Auri, die nebenan in ihrem Nestchen schlief.

Diese verfluchten Maden! Sie waren überall. Dany zerdrückte sie mit ihren Stiefeln, doch sie versuchten, an ihr hochzuklettern. Sie musste gründlich sein. Keine einzige durfte sie in ihre Wohnung tragen. Geradeaus ging es in die Küche, die nur unwesentlich größer war als ihre eigene. Die Schubladen waren herausgerissen und Besteck lag im ganzen Raum verteilt. Ebenso Töpfe, Pfannen und zerschlagenes Geschirr.

Durch die Fensterscheibe fiel gleißendes Sonnenlicht. Es stach Dany in den Augen, obwohl das Visier getönt war. Sie wandte sich nach links. Wo war der Mistkerl? Warum war er so still? Als erstes nahm Dany sich das Wohnzimmer vor. Das war weit größer als ihr eigenes. Die Topfpflanzen vor den französischen Fenstern waren verdorrt. Bücher gab es keine, dafür einen riesigen Fernseher, der sogar noch heil war. Auch die Schränke sahen unangetastet aus. Der Couchtisch jedoch war zerschlagen und beide Sessel umgeworfen. Die Couch war bloß ein wenig verschoben. Auf ihr saß inmitten von Decken Frau Fassoulas, bekleidet mit einer beigen Hose und einer orangefarbenen Bluse.

Viel war nicht von ihr übrig. Dany erkannte sie trotzdem. Ein großes Stück Fleisch war aus ihrem Hals herausgerissen worden, so dass ihr Kopf auf der Schulter ruhte. Auch an ihren Armen fehlten Stücke. Dany hatte keine Ahnung, warum sie kein herumlaufender Zombie war. Vielleicht, weil die Nervenbahnen vom Körper zum Gehirn durchtrennt waren?

Hier gab es kaum Madenbefall.

Der Körper wirkte mumifiziert, soweit Dany das mit ihrem fernsehgeprägten Halbwissen sagen konnte. Jedenfalls stellte sie keine Gefahr für Auri dar.

Dany wandte sich von dem schaurigen Anblick ab. Sie durfte das nicht an sich heranlassen. Es sollte sie nicht interessieren, was in dieser Wohnung vorgefallen war, und trotzdem erschütterte es sie irgendwie. Sie war immer so nett gewesen, ihre Nachbarin, und ... hinter ihr ertönte ein Stöhnen.

Dany presste die Lippen aufeinander und drehte sich langsam um, aber Herr Fassoulas war nirgends zu sehen.

Wo steckst du, Mistkerl?, dachte Dany und kehrte in den Flur zurück. Es gab noch drei Zimmer zu überprüfen: das Elternschlafzimmer, das Kinderzimmer und das Bad. Alle Türen waren halb geöffnet. Sie stieß die Badezimmertür mit dem Fuß auf und da saß er, eingeklemmt zwischen Klo und Badewanne. Er sah sie an, als wäre es ihm peinlich, dass sie ihn in dieser prekären Lage entdeckte. Für einen kurzen Augenblick war da etwas fast Menschliches in seinen Augen. Dann nur noch blanker Hass, und der eingeklemmte Zombie fauchte sie an.

»Hi, Herr Fassoulas.«

Er stieß zischend einen Schwall weißer Maden aus. Dany wich nicht zurück. Sie deutete in den Flur. »Ich habe Ihre Frau gefunden. Es tut mir sehr leid, dass sie gestorben ist. Sie war immer so nett.«

Die fauligen Lippen des Dings bewegten sich, als bemühe es sich, ihr etwas zu sagen. Es versuchte, sich hochzustemmen, aber sein Brustkorb war eingequetscht zwischen der Kloschüssel und der Badewanne. Allerdings waren die Körper dieser Dinger nicht so robust wie die von lebenden Menschen. Sie hatten eher die Konsistenz von Wackelpudding. Es konnte also nicht mehr lange dauern, bis er da durchflutschen würde. Dany umfasste den Stiel der Axt mit beiden Händen.

»Ich hoffe, Ihre Kinder haben's geschafft und sind irgendwo in Sicherheit. Wollte ihre Tochter nicht ins Ausland gehen? Es geht ihnen bestimmt gut.«

Sie presste die Lippen aufeinander. Sie hatte geahnt, dass es nicht leicht werden würde. Immerhin war er ihr Nachbar. Auch jetzt noch.

»Es tut mir leid. Aber ich kann nicht zulassen, dass Sie meine Kleine töten.«

Sie holte aus und hieb zu, ohne noch weiter zu zögern. Die Schneide versank in dem butterweichen Schädel, der sich seltsam verformte. Dany musste an eines dieser Trinkpäckchen denken, die ihre Mutter ihr damals mit zur Schule gegeben hatte. Wenn das Päckchen leer gewesen war, hatte sie es mit dem Strohhalm aufgeblasen und war draufgesprungen.

Manchmal hatte es einen riesigen Knall gegeben und Resttropfen vom Saft waren in alle Richtungen geflogen. An anderen Tagen hingegen hatte es nur leise Pluff gemacht. Heute war es das leise Pluff. Der Zombie fauchte und versuchte weiter sich zu befreien. Der nächste Schlag saß und wie bei dem Trinkpäckchen flog der Saft in alle Richtungen. Ein Regen von weißen Maden, grauer Hirnmasse, Blut und Knochensplittern.

Dany wich zurück. Mit so vielen Maden hatte sie nicht gerechnet und das, obwohl sie schon mehreren Zombies den Schädel gespalten hatte. Jedes Mal war es wie das Sprengen einer Piñata, bloß dass es keine Bonbons waren, die auf den Boden fielen. Dieser Kopf war eine sehr volle Piñata. Hunderte von Maden wanden sich auf dem Badezimmerfußboden. Dany griff sich ein Handtuch aus einem offenen Regal und wischte die Schneide ihrer Axt sauber. Sie nahm sich zwei weitere Handtücher und verließ rückwärts das Badezimmer. Dann schloss sie die Tür, um den Anblick nicht länger ertragen zu müssen.

Sie lehnte die Axt gegen die Wand und machte sich daran, jede Made von ihrer Kleidung zu streichen. Sie durfte keine einzige übersehen. Zum Glück hatte sie nicht allzu viel abbekommen. Trotzdem dachte sie darüber nach, ihre Kleidung lieber im Treppenhaus zu lassen, um Auri nicht in Gefahr zu bringen. Sie stellte sich vor den großen Spiegel vom Dielenschrank, klappte das Visier auf und drehte sich ein paar Mal im Kreis. Soweit sie das beurteilen konnte, hatte sie nichts übersehen. Sie wandte sich zur Tür um und entdeckte das Schlüsselbrett.

Zwei Schlüsselbünde hingen daran, beide mit Autoschlüsseln. Dany nahm sie beide mit, als sie die Wohnung verließ, zog die Tür zu und schloss sie ab. Sie atmete tief durch, holte ihren eigenen Schlüssel aus der Reißverschlusstasche und kehrte in ihre Wohnung zurück. Auri hatte alles verschlafen, und Dany brach weinend zusammen.

Es schien Stunden zu dauern, bis sie es endlich schaffte, ihre Kleidung abzulegen. Noch einmal durchsuchte sie jedes Kleidungsstück auf Maden und fand keine einzige. Doch diesmal reichte ihr das nicht. Sie machte einen Eimer mit heißem Wasser fertig, spritzte Reinigungsmittel hinein und schrubbte Helm, Kluft und Stiefel mit einem Schwamm ab. Sie kontrollierte jede Tasche und jede Falte ein dutzendmal und hörte erst damit auf, als sie Auri im Schlafzimmer hörte. Ein leises, hungriges Weinen und erneut liefen bei Dany die Tränen. Sie rannte zu ihr, nur mit Unterwäsche bekleidet und trotz der Kälte in der Wohnung erhitzt und schwitzend, und zog das Kind in ihre Arme. Sie hätte alles gegeben für eine kalte, sehr lange Dusche.

Ein paar Tage lang genoss Dany die Ruhe. Die Zeit mit Auri ließ ihre Seele heilen. Die Angst vor den Maden und der Schock nach der Beseitigung ihres langjährigen Nachbarn ließen langsam nach. Eine Zeitlang gab sich Dany der Illusion hin, sie könnten einfach hierbleiben, doch wenn Auri eine Gänsehaut beim Wickeln bekam oder sich nachts aus ihrer Decke strampelte und frierend erwachte, wurde ihr von Neuem klar, dass sie gehen musste.

Immer wieder nahm sie die Autoschlüssel in die Hand und betrachtete sie. Sie hatte nicht den blassesten Schimmer, ob sie das hinbekommen würde. Autofahren. Nun, immerhin gab es keine anderen Verkehrsteilnehmer mehr, und um Verkehrsregeln musste sie sich auch eher keine Gedanken machen.

Nach etwa einer Woche fühlte Dany sich stark genug, ihr Vorhaben durchzuziehen. Sie wickelte Auri fest in die graue Decke. Sie hatte herausgefunden, dass das Baby es mochte, fest eingewickelt zu werden. Wie eine Mumie sah sie aus, und nur der Kopf guckte aus der Decke heraus. Dann stopfte Dany das kleine Mädchen in einen Leinenbeutel, den sie sich mit Unmengen Klebeband an den Bauch klebte.

»Nicht die beste Bauchtrage der Welt, dafür halbwegs sicher«, fand Dany. »Mama setzt jetzt den großen schwarzen Helm auf, ja? Das sieht komisch aus, aber ich bin noch da und dir wird nichts passieren.«

Dany setzte den Helm auf, und Auri betrachtete sie interessiert, jedoch nicht ängstlich. Sie schien sich in der improvisierten Bauchtrage ganz wohl zu fühlen. Dany nahm ihre Waffen und den Autoschlüssel, wappnete sich für die Außenwelt und öffnete die Wohnungstür.

Aus alter Gewohnheit prüfte sie, ob die Tür ihrer

Nachbarn offen oder geschlossen war. Die war natürlich so, wie sie sie hinterlassen hatte. Trotzdem dachte Dany für einen kurzen verrückten Moment darüber nach, in die Wohnung zu gehen und zu überprüfen, ob Herr und Frau Fassoulas noch da lagen, wo sie sie zurückgelassen hatte, aber sie widerstand dem Impuls und ging die Treppe hinunter.

Den Einkaufswagen mit der Babyschale hatte sie unter den Briefkästen geparkt, doch den brauchte sie heute nicht. Heute wollte sie nur herausfinden, welches Auto den Fassoulas' gehört hatte und ob sich darin vielleicht eine Bedienungsanleitung finden ließ. Sie ging die Straße hinunter, und ihre Nerven waren zum Zerreißen gespannt. Mit dem Baby vor der Brust fühlte sie sich noch unsicherer als sonst. Alles in ihr schrie, sie solle in die Wohnung zurückkehren. Auri hingegen schien der Ausflug zu gefallen.

Sie sah in die Bäume und in den Himmel hinauf. Dany wurde es schwer ums Herz.

Düstere Gedanken schlichen sich an sie heran. Was konnte sie dem Kind für ein Leben bieten? Jeden Tag Angst. Niemals Sicherheit. Und wenn die Vorräte zur Neige gingen, auch noch Hunger. Keine anderen Kinder zum Spielen. Überhaupt ... so wenig Menschen!

Dany hob den Schlüssel und drückte auf den Türöffner. Das Auto stand nicht weit vom Haus entfernt. Und es war ein großes Auto. Ein silberfarbener Audi. Dany öffnete die Fahrertür und zwängte sich mit Auri hinein. Nach etwas Suchen fand sie den Hebel, der den Sitz zurückschob. Jetzt hatten sie mehr Platz. Dany sah sich aufgeregt um. Der Wagen roch unglaublich neu. Als wäre er eben vom Band gerollt. Er war herrlich sauber, wie ein Stück heile Welt. Und auf einmal war da das Gefühl, sie würde gerade jemandem ein Auto stehlen. Jemandem, den sie kannte. Sie schüttelte den Kopf.

»Sei nicht albern, Dany«, sagte sie. »Das sind andere Zeiten, und deine Nachbarn fahren nirgendwo mehr hin.« Sie öffnete das Handschuhfach und fand die Bedienungsanleitung, die sie gesucht hatte. Es war ein richtiges Buch. Das würde sie mit nach oben nehmen und in Ruhe studieren. Anschließend würde sie packen und sich überlegen müssen, wie sie Auri sicher transportieren konnte, denn so etwas wie eine Babyschale hatte sie nicht. Aber das würde sie an einem anderen Tag tun. Jetzt wollte sie erst einmal nach Hause und einen Kaffee trinken. Sie stieg aus, schloss so leise wie möglich die Tür und verriegelte das Auto. Dann sah sie sich gründlich um, huschte über die Straße und ging schnellen Schrittes zurück zum Haus. Als sie wieder im Treppenhaus war, fühlte sie sich direkt etwas wohler; trotzdem eilte sie die Stufen hinauf und schloss hektisch die Wohnungstür auf. Im Inneren der Wohnung wurde es besser. Sie befreite Auri aus Sack und Decke, überprüfte jedes Zimmer auf ungebetene Gäste, legte nebenbei die Motorradkleidung ab und ging in die Küche, um Kaffee- und Milchwasser aufzusetzen. Sie hatte in den nächsten Tagen ein Buch zu lesen, und diese Lektüre würde etwas völlig Neues für sie sein.

Dany ließ sich Zeit beim Lesen, da jedes Wort sie dem Abschied von ihrer Wohnung näherbrachte. Sie las Auri laut vor, denn das Kind hörte gern ihre Stimme, und Dany konnte sich so leichter einprägen, was sie las. Die ersten Seiten beschäftigten sich mit der korrekten Sitzposition und der fachgemäßen Lenkradhaltung. Es wurde sogar dargestellt, wie der Gurt zu verlaufen hatte und dass man seine Mitfahrer auf die ordnungsgemäße Sitzhaltung und Gurtführung hinweisen sollte.

Dany fragte sich, ob überhaupt jemand solche Handbücher las. Sie konnte sich jedenfalls nicht erinnern, dass ihre Eltern jemals so ein Aufheben um das richtige Sitzen und Angeschnalltsein gemacht hätten. Trotzdem machte sie sich Sorgen um Auri, denn sie hatte immer noch keine Idee, wie sie das Kind sicher befördern sollte. Das Handbuch riet, Kinder aus Sicherheitsgründen auf dem Rücksitz und nur in Ausnahmefällen auf dem Beifahrersitz zu befördern.

»Nun, ich denke, die Zombieapokalypse ist eine Ausnahmesituation«, wandte Dany sich an Auri, die sie aus ihren großen, blauen Augen ansah. »Du fährst auf jeden Fall vorne mit. Und dann müssen wir den Beifahrer-Frontairbag abstellen, aber wie das geht, habe ich schon raus.«

Es folgten eine Anleitung sämtlicher Bedienelemente im Cockpit und eine Beschreibung der unzähligen Warnlämpchen.

Doch auch nach über 60 Seiten hatte Dany nicht die leiseste Ahnung, wie man so ein Auto fuhr. Dafür fand sie den Punkt, wie man die Rücksitze umklappen konnte, um mehr Laderaum zu schaffen, sehr interessant. Als Dany herausfand, dass sie während der Fahrt ihr Handy laden konnte, traten ihr die Tränen in die Augen. Schließlich waren da Fotos von ihrer Familie drauf. Sie lernte, wie man das Navigationssystem und den Bordcomputer bediente und erreichte auf Seite 142 endlich das Kapitel »Fahren«.

Das Auto von Familie Fassoulas hatte einen Starterknopf und ein Automatikgetriebe, und nachdem Dany die Anleitung für Zündschloss und Schaltgetriebe überflogen hatte, war sie darüber ganz froh. Dennoch schrieb sie sich die wichtigen Punkte zur Bedienung des Fahrzeugs auf eine Postkarte, die sie an der Windschutzscheibe festklemmen wollte:

- Vor dem Anlassen des Motors Hebel auf P bringen, Bremse durchtreten und halten
- Starterknopf drücken
- Hebel auf R oder D
- Bremse lösen
- Gas geben

Sowie fürs Parken:

- Fahrzeug anhalten
- Bremspedal durchtreten
- Hebel auf P stellen
- Motor abstellen

In der Bedienungsanleitung stand noch eine Menge mehr zur Wartung und Pflege des Autos, doch Dany hatte genug gelesen. Jetzt musste sie nur überlegen, wie sie Auri transportieren sollte. Die Idee dafür kam ihr beim Kaffeemachen. Da lag das alte Peddigrohr-Tablett, das sie während ihrer Ausbildung angefertigt hatte. Zwischen Brett und Rand sollte sich der Gurt irgendwie durchführen lassen. Damit hätte sie schon einmal eine Basis. Wenn sich die Babyschale vom Einkaufswagen lösen und aufs Brett schrauben ließ, hatte sie vielleicht keinen TÜV-geprüften, aber immerhin einen improvisierten Kindersitz. Dany trank ihren Feierabendkaffee und brachte Auri ins Bett. Morgen würde sie den Einkaufswagen in ihre Wohnung schaffen und schauen, ob sie es hinbekam. Heute wollte sie bloß noch ein bisschen in Literatur versinken. Sie griff sich das Buch, in dem sie gerade las, und versank in einer anderen

Welt. Einer besseren Welt. Ihre Bücher würde sie am meisten vermissen.

Am nächsten Tag verzichtete sie auf ihre Schutzausrüstung und eilte nur schnell ins Treppenhaus, um den Einkaufswagen zu holen. Alles ging glatt, und im Treppenhaus wartete keinerlei Bedrohung auf sie.

Sie stellte den Einkaufswagen im Bücherflur ab und sah sich die Babyschale an. Sie hatte Glück. Mit dem, was sie an Werkzeug besaß, sollte sie das hinbekommen. Sie benötigte drei Tage, um aus der Babyschale, dem Tablett und einer dicken Decke einen gemütlichen Kindersitz für Auri zu basteln. Wenn der sich jetzt noch im Auto anschnallen ließ, konnte es losgehen. Das auszuprobieren, erledigte Dany direkt am nächsten Tag. Es war umständlich, Auri für die Strecke in den improvisierten Tragesack zu stecken. Ebenso umständlich, wie die Motorradkluft für einen so kurzen Ausflug nach draußen anzulegen. Aber es war notwendig. Dany ging keine Risiken ein. Und sie wollte Auri in der Nähe haben, um ihr Versprechen einzulösen, sollte doch etwas schiefgehen

Der Kindersitz ließ sich problemlos auf dem Beifahrersitz festschnallen, und Dany erschien er ziemlich sicher. Sie stellte auch gleich den Beifahrerairbag ab, um es nicht im Eifer des Gefechts zu vergessen. Sie sah sich auf der Straße um und entschied, das Fahrzeug umzuparken. Zunächst einmal hätte sie es dann zum Packen nicht so weit, und zum anderen würde sie auf diese Weise herausfinden, ob sie in der Lage war, das Auto zu bedienen. Sollte sie damit nämlich nicht zurechtkommen oder das Fahrzeug aus irgendeinem Grund nicht anspringen, konnte sie ihren Plan abhaken. Sie nahm Auri aus dem Sack, legte sie in den Sitz und schnallte sie an. Dann stieg sie auf der

Fahrerseite ein. Die Postkarte mit den nötigen Schritten hatte sie jedoch in der Wohnung liegengelassen.

»Du kannst das«, feuerte sie sich an. »Du hast das im Kopf!« Dany stellte den Sitz richtig ein und schnallte sich an. Auri sah neugierig zu ihr auf, und Dany versuchte sich an einem zuversichtlichen Lächeln.

»Wird schon schiefgehen«, sagte sie, trat die Bremse durch und drückte den Startknopf. Der Wagen war so leise, dass sie zunächst dachte, er wäre gar nicht angegangen. Gut so. Lärm war in dieser Welt immer ein Risiko. Womit sie allerdings nicht gerechnet hatte, war das Radio, das kurz nach dem Auto anging. Das statische Rauschen ließ sie zusammenzucken, und es dauerte einen Moment, bis sie den Knopf zum Ausschalten fand. Dany atmete tief durch, legte den Rückwärtsgang ein und nahm den Fuß von der Bremse. Ganz langsam rollte das Auto los. Danys Herz begann kräftiger zu schlagen. Sie fuhr Schrittgeschwindigkeit; trotzdem erschien ihr das unglaublich schnell. Sie schlug das Lenkrad ein und freute sich darüber, dass sie so ein modernes Fahrzeug hatte ergattern können.

Der Parkassistent zeigte ihr genau an, in welche Richtung sie lenkte, und so kam sie sauber aus der Parklücke auf die Straße. Sie trat auf die Bremse und durch das Auto fuhr ein heftiger Ruck. Dany flog nach vorne. Sie schrie auf und warf einen panischen Blick auf Auri, aber der Kindersitz hielt.

»Perfekt!«, rief Dany und lachte unsicher. »Das Gefühl für die Bremse werde ich schon noch entwickeln. Also auf geht's!«

Sie stellte den Hebel auf D, fuhr die paar Meter bis zu ihrem Haus, lenkte das Fahrzeug auf die Feuerwehrzufahrt und hielt diesmal bereits wesentlich sanfter an.

»Das war das.« Sie zwinkerte Auri zu und fühlte sich so stolz wie nie zuvor in ihrem Leben. Autofahren war etwas, das sie sich selbst nie zugetraut hatte.

»Dann lege ich noch die Rücksitze um, und morgen können wir packen.«

Sie stieg aus, ging um das Auto herum und öffnete die Kofferklappe. Das Umlegen der Sitze fiel ihr nicht so leicht, wie es in der Anleitung beschrieben war, trotzdem war es eine Sache von wenigen Minuten. Sie schloss die Kofferklappe wieder und nahm Auri aus ihrem Sitz. Mit dem Baby auf dem Arm verriegelte sie das Auto und kehrte schleunigst in ihre Wohnung zurück, um erst einmal mit einem Kaffee ihren Erfolg zu feiern.

Als Auri an diesem Abend eingeschlafen war, stand Dany lange vor ihren Bücherregalen. Der Abschied fiel ihr wahnsinnig schwer. Nicht bloß wegen der Bücher oder der Erinnerungen, die sie mit der Wohnung verband. Sie verließ nicht nur ihr Zuhause, sondern auch ein Stück Sicherheit. Trügerische, vorübergehende Sicherheit, denn irgendwann hätte sie Nachschub besorgen müssen, doch das traf auf die ungewisse Zukunft doppelt zu. Sie rieb sich fröstelnd die Arme.

Die Heiztherme schwieg. Dany erinnerte sich noch an das Geräusch. Dieses *Tick Tick Tick Wuuuusch*, wenn die Therme ansprang. Und dann wurden die Heizkörper warm, und heißes Wasser kam aus dem Hahn. Es war kalt. Eindeutig zu kalt für ein Baby, das jetzt in einem Nest umgeben von Wärmflaschen lag. Diese Fahrt würde eine Fahrt ins Ungewisse werden, aber sie mussten sie antreten. Und zwar bald.

Am nächsten Morgen nach einem großen Becher Kaffee legte Dany ihre Rüstung an und setzte Auri in den Sack. Dann fing sie an, das Auto zu beladen. Auris Sachen waren am wichtigsten. Sämtliche Windelpakete, Feuchttücher und Milchpulverkartons, die sie gerade erst aus dem Einkaufswagen in ihre Wohnung gebracht hatte, wanderten in das Auto von Familie Fassoulas. Nur die angefangenen Pakete ließ Dany in der Wohnung. Die Sachen verschwanden im Auto, und es war noch reichlich Platz übrig. Doch Dany machte sich keine Illusionen, da nun die Sixpacks mit den 1,5-Liter-Flaschen Wasser folgten.

Das Schöne war, dass sich das alles so gut stapeln ließ. Und der Kombi war ein echtes Raumwunder. Tatsächlich war Danys Wasservorrat schneller geschrumpft, als sie zu Beginn der Apokalypse erwartet hatte. Das lag vermutlich an ihrem Kaffeekonsum. Hätte sie gewusst, dass sie einmal ein Baby finden würde, das Wasser für seine Milch benötigte, hätte sie sich eher über die Limonaden hergemacht. Aber jetzt war es zu spät, und sie mussten mit dem auskommen, was sie hatten, und so bald wie möglich Nachschub finden.

Dany stopfte Halbliterflaschen in jede erdenkliche Lücke. Völlig erledigt vom Schleppen und Treppensteigen beendete sie ihr Tagwerk. Sie konnte nur hoffen, dass der Wagen mit den Vorräten nicht über Nacht gestohlen wurde. Das wäre eine Katastrophe! Andererseits war sie sich ziemlich sicher, dass ihr Viertel sauber war. Seit Monaten hatte sie keine Probleme mehr gehabt. Weder mit Menschen noch mit Zombies. Warum also sollte ausgerechnet in dieser einen Nacht etwas schiefgehen? Sie kehrte mit Auri in ihre Wohnung zurück und griff diesmal zur Cola statt zum Kaffee. Auri bekam eine Milch.

»Morgen oder übermorgen fahren wir los«, erzählte Dany ihr. »Ich muss noch ein paar Sachen packen. Emotionales Zeug. Ein oder zwei Bücher. *Der Name des Windes* natürlich.

Meinen Kaffee. Zumindest einen Teil davon. Die Thermosflaschen müssen mit Wasser befüllt werden. Der Campingkocher muss mit. Außerdem meine Lampen. Vielleicht eine meiner Wärmflaschen. Und der Schlafsack.«

Und dann sollte sie sich Gedanken darüber machen, wo sie hinwollten. Ein einigermaßen sicheres Ziel sollte innerhalb eines Tages erreicht werden können, denn sie wollte mit Auri auf keinen Fall eine Nacht im Auto verbringen. Dort wäre es mit Sicherheit noch kälter als in ihrer Wohnung mit den vielen Decken und Wärmflaschen. Aber es war überhaupt nicht abzuschätzen, wie lange sie wohin brauchen würde. Sie wusste nicht, ob die Brücken noch existierten. Oder ob irgendwo Barrikaden errichtet worden waren. Ihnen womöglich jemand auflauerte. Eventuell sogar versprengte Einheiten des Militärs, die sie über den Haufen schießen würden.

Je mehr sie darüber nachdachte, desto verrückter erschien ihr dieser Plan. Wie sollte sie Auri dort draußen beschützen? Würde sie wirklich in der Wohnung erfrieren? Inuitkinder wuchsen schließlich auch in Iglus auf, oder?

»Schluss mit Grübeln, Dany«, befahl sie sich. »Du hast gepackt, also fährst du. Sollte sich ein Hindernis auftun, kehrst du einfach wieder um. Und jetzt wird geschlafen.«

Sie nahm Auri mit und sie kuschelten sich im Bett aneinander. Dany betrachtete im Dämmerlicht die vertrauten Schatten und Winkel ihres Schlafzimmers. Es tat weh. Unendlich weh.

Auri weckte sie früh am nächsten Morgen. Draußen ging gerade die Sonne auf. Dany machte ihr eine Milch, fütterte sie und legte sie anschließend in der Diele auf eine Decke. Dann fing sie an, alles, was sonst noch fehlte, in eine Reisetasche zu packen. Etwas Kleidung und Drogerieartikel, so viel Kaffee wie irgend möglich und die ganzen Kleinigkeiten, die sie für Auri im Drogeriemarkt hatte mitgehen lassen, obwohl sie sie bisher nicht benötigt hatte. Die Reisetasche kam in den Fußraum unter dem Beifahrersitz. Anschließend kochte Dany Wasser ab und füllte es in die alte Thermoskanne, damit sie Auri unterwegs eine Milch machen konnte. Für sich machte sie einen Kaffee in ihrem Starbucks-Thermo-Becher. Außerdem kam eine Flasche Cola in das Fach der Fahrertür. Haufenweise Kleinigkeiten wanderten ins Auto und wurden dorthin gestopft, wo noch irgendwie Platz war. Dann konnte es losgehen.

Dany schloss ihre Wohnungstür ab und legte die Hand dagegen. Es war ein stiller Abschied. Vielleicht würde sie wiederkommen. Aber wahrscheinlich war das nicht. Schließlich wandte sie sich um und ging hinunter zum Auto. Sie schnallte Auri in ihrem Sitz an und legte ihr Gizeku auf den Bauch. Sie trug ihre Motorradkluft für den Fall, dass sie aufgehalten wurden und sie schnell reagieren musste. Helm, Handschuhe und Äxte hatte sie griffbereit bei der Reisetasche im Fußraum vor dem Beifahrersitz. Diesmal hatte sie daran gedacht, die Postkarte mitzunehmen und festzuklemmen, obwohl sie sie mit Sicherheit nicht brauchen würde. Sie trat die Bremse durch und drückte den Startknopf. Leise sprang das Auto an.

Dieses Mal ging das Radio nicht mit an, trotzdem warf Dany einen Blick auf das Display. Dahinter verbarg sich nicht nur das Entertainmentcenter des Autos, sondern auch ein Navigationssystem. Und da Dany bisher immer Beifahrer gewesen und nie selbst gefahren war, hatte sie beschlossen, es zu benutzen. Mit einem dicken Kloß im Hals gab sie die Adresse ihrer Eltern ein.

»Die Route wird berechnet«, verkündete das Navigationssystem mit einer angenehmen, weiblichen Stimme, und Dany musste sich zusammenreißen, nicht loszuheulen. Es schien hundert Jahre her zu sein, dass sie zuletzt eine menschliche Stimme gehört hatte. Und dabei war das hier nicht einmal eine menschliche Stimme!

»Bitte wählen Sie eine Route!«, forderte das Navi sie auf und Dany entschied sich für die schnellste, die rot dargestellt wurde.

»Fahren Sie geradeaus.«

Dany wischte sich über die Augen und tastete nach ihrem Kaffeebecher. 25 Minuten stand da. 18,3 km. Keine große Entfernung.

Wenn du uns brauchst, sind wir da. So war es immer gewesen, bis es plötzlich nicht mehr so gewesen war. Warum hatte sie nicht schon eher versucht, diese Strecke zurückzulegen? Sie betrachtete Auri, die aus ihren freundlichen, blauen Augen zurücksah, und lächelte.

»Wegen dir.« Dany stupste ihr auf die Nase. »Ich bin deinetwegen noch hier. Und wir machen das gemeinsam. Meine Eltern waren immer für mich da. Und genauso werde ich immer für dich da sein. Also halt schön deine Gizeku fest, denn jetzt geht es los.«

Sie nahm den Fuß von der Bremse, und das Auto rollte los. Dany fuhr langsam und das aus verschiedenen Gründen. Zum einen fuhr sie zum ersten Mal Auto, und 20 oder 30 km/h kamen ihr bereits wahnsinnig schnell vor. Sie benötigte ihre gesamte Konzentration, um das Fahrzeug in der Spur zu halten und gegen keines der abgestellten Autos zu fahren. Und dazu kam diese Unsicherheit, dieses ständige Gefühl von

Gefahr. Jeden Moment konnte jemand oder etwas auf die Straße springen. Oder Unrat und Trümmer blockierten die Straße und zerstachen ihre Reifen oder Schlimmeres. Mit dem Auto fernab eines sicheren Unterschlupfs liegenzubleiben wäre die größte Katastrophe. Dany behielt die Straße im Blick, und ihre Hände krampften sich fest um das Lenkrad.

»Biegen Sie rechts ab«, sagte das Navi.

»Alles klar. Rechts abbiegen. Bekommen wir hin.«

Dany wusste nicht, was ein Fahrlehrer von ihrer Rechtskurve gehalten hätte, aber sie fand sie ziemlich gelungen. Tatsächlich fuhr sie nicht wirklich auf der rechten Spur, sondern eher in der Mitte der Straße mit viel Abstand zu den parkenden Autos an beiden Bordsteinen. Da außer ihrem jedoch kein anderes Fahrzeug unterwegs war, war das nicht so dramatisch. Bis zur Eiffestraße hatte sie ihr Viertel bereits erkundet und zombiefrei gehalten. Und als sie sich nun dieser magischen Grenze, einer ehemals stark befahrenen vierspurigen Straße, näherte, steigerte sich die Anspannung ins Unermessliche. Sie hielt an der Ampel, obwohl diese natürlich nichts anzeigte, und ließ ihren Blick die Eiffestraße einmal in beide Richtungen hinuntergleiten.

Die Straße war noch befahrbar. Lediglich ein paar ausgebrannte Autowracks konnte Dany sehen. Sie hatte mit deutlich mehr Chaos gerechnet, und am meisten befremdete sie, diese Straße so verlassen zu sehen. Sie warf einen Blick auf Auri und stellte fest, dass das kleine Mädchen eingeschlafen war. Umso besser. Ihr fiel ein, dass sie ihr Handy während der Fahrt hatte laden wollen. Zu diesem Zweck hatte sie es extra zusammen mit dem Ladekabel in die Innentasche ihrer Lederjacke gesteckt. Sie zog den Reißverschluss ihrer Jacke auf und kramte es hervor. Dann suchte sie nach dem USB-Port und brauchte einen Moment, um den Stecker hinein zu fummeln. Okay. Genug getrödelt, Dany. Auf geht's. Sie nahm den Fuß von der Bremse und gab sanft ein wenig Gas. Der Wind trieb leere Pappbecher und Papiertüten vom nahegelegenen McDonald's über die Straße. Augenblicklich lief Dany das Wasser im Mund zusammen. Ein Big Mac. Das wär's jetzt. Nicht, dass sie schlecht gelebt hätte in den letzten Wochen, aber manchmal waren es diese Kleinigkeiten, die einfach fehlten. Besonders, wenn sie daran dachte, dass sie sie nie wieder essen würde. Die benachbarten Länder hatten die Grenzen dicht gemacht. Niemand war bereit, Flüchtlinge aufzunehmen. Auch wenn sie noch so sauber und madenfrei waren. Keine Big Macs für Auri. Niemals. Keine Schule. Keine Zukunft.

»Aber sie hat mich!«, sagte Dany verbissen in die Stille des Fahrzeugs hinein und gab etwas Gas. Sie überquerte die Eiffestraße und passierte den Reifenhandel auf der rechten und die Autowaschanlage auf der linken Seite. Dann kam die Brücke über den Kanal. Hamburg, das wusste Dany als einst stolze Hamburgerin, hatte mehr Brücken als Venedig oder Amsterdam. Blieb die Hoffnung, dass nicht alle Brücken zerbombt worden waren. Diese jedenfalls stand noch. Aber was war mit dem Wasser? Dany lenkte das Auto so nah an das Brückengeländer, wie sie es sich zutraute, und reckte den Hals. *Lumpen*, dachte sie. Bunte Lumpen, die sich mit Wasser vollgesogen hatten, allmählich ihre Farben verloren und zu braunen Fetzen wurden. Doch diese Fetzen trugen Schuhe. Sie hatten Hände. Und Köpfe. Auf dem Kanal trieben aufgedunsene Leiber. Unmengen davon. Unzählige tote Augen starrten anklagend in den Himmel. Dany zog es den Magen zusammen. Sie schmeckte die Reste ihres Kaffees bitter auf der Zunge.

»Gut«, stieß sie mit spitzer Stimme aus. »Ist ja nicht so, dass ich vorgehabt hätte, jemals aus diesem Kanal zu trinken, nicht wahr? Fahren wir weiter.«

Am ganzen Leib zitternd lenkte sie zurück in die Mitte der Straße. Sie drehte die Heizung des Autos höher und schaltete die Sitzheizung ein. Nur Minuten später spürte sie die Wärme. Warme Luft strömte aus der Lüftung, und Dany begann sich schlagartig wohler zu fühlen. Sie überquerte den Südkanal, auf dem bloß vereinzelte »Lumpen« trieben, und das Navi sagte: »Biegen Sie rechts ab!«

»Mach ich, Schätzchen«, erwiderte Dany und bog in die Süderstraße ein, wo früher der Straßenstrich gewesen war. Sie hielt kurz an und überprüfte, ob die Straße frei war. Ein paar Trümmerteile lagen herum, denen sie jedoch ausweichen konnte, wenn sie etwas aufpasste. Außerdem ein paar Leichen, und auf einem Grundstück meinte sie, Bewegung zu sehen, konnte allerdings auch hier wieder nicht ausmachen, ob es sich um Vögel, Ratten oder Zombies handelte.

BUMM!

Dany fuhr erschrocken zusammen. Fast hätte sie laut aufgeschrien. In letzter Sekunde biss sie sich auf die Zunge. Sie wollte Auri um keinen Preis wecken. Neben ihrem Wagen stand eine Zombiebraut und schlug gegen die Fensterscheibe. Die Haut ihrer Faust platzte auf und hinterließ braune Schlieren auf dem Glas. Dany starrte sie an und war für einen Moment vollkommen planlos. Platinblondes Haar hing in Strähnen von einem aufgequollenen Kopf. Die Haut dieses Wesens hing in Fetzen herunter und gab den Blick frei auf braunes und schwarzes Fleisch. Und überall wühlten die Maden. Bekleidet war das Ding mit pinkfarbenen Dessous und Lackstiefeln. Die unechten Brüste waren noch tadellos in Form.

»Der Straßenstrich lebt«, murmelte Dany, richtete den Blick nach vorn und gab Gas. »Sorry, Süße. Du musst auf das nächste Auto warten.«

Dany preschte über die Süderstraße und wich den Trümmerteilen und den Leichen aus, so gut es ging, wobei sie lieber die Leichen überfuhr als eines der Trümmerteile, denn sie wollte ihre Reifen nicht riskieren. Mit jedem Meter, den sie zurücklegte, wuchs das Chaos. Autos standen kreuz und quer, sodass sie geradezu Slalom fahren musste.

Überall lagen Kleidung und Papier, das vom Wind emporgewirbelt wurde. Und überall war Bewegung. So viele Untote hatte Dany schon lange nicht mehr gesehen. Sie irrten ziellos umher und blickten verwundert auf, wenn sie ihr Auto entdeckten. Dany fragte sich, ob sie wussten, dass in diesem Auto zwei lebendige Herzen schlugen. Sie fühlte sich im Wagen sicher, obwohl ihr die Autowracks auf der Straße versuchten, das Gegenteil zu beweisen. Aber all diese Unfälle waren zu einer Zeit passiert, als es noch Lebende gegeben hatte, die in Panik auf der Flucht gewesen waren. Jetzt war es mit ein bisschen Konzentration relativ einfach, Unfälle zu verhindern.

Dany fuhr gerade mal 30 km/h, dennoch kamen die wandelnden Leichen nicht hinter ihr her. Und selbst wenn: Die Türen waren verschlossen. Dany bog auf den Heidenkampsweg ein und entdeckte eine Straßenblockade und eine Menge gestrandeter, verlassener Autos. *So ein Mist,* dachte sie und lenkte zurück auf die Süderstraße. Offenbar hatte man ein Durchkommen zu den Elbbrücken verhindern wollen. Wenn das so war, würden die anderen

Straßen vermutlich ebenfalls blockiert sein. Das Navi sprach mit ihr, aber Dany hatte dafür kein Ohr. Sie klammerte sich am Lenkrad fest und starrte staunend durch die Windschutzscheibe. Das war nicht das Hamburg, das sie kannte. Auf der Amsinckstraße war das Chaos sogar noch größer. Dany verminderte die Geschwindigkeit, fuhr im Schritttempo an den Trümmern vorbei. Untote sah sie hier nicht, dafür Zerstörung, soweit das Auge reichte. Sowohl die Shell- als auch die Jet-Tankstelle waren verschwunden und sämtliche Gebäude drumherum bis auf die Grundmauern zerstört. Ein olivgrüner Wasserwerfer lag auf der Seite, hatte ein Brückengeländer umgerissen und drohte, in die Bille zu stürzen. Die kleine Brücke über die Bille existierte nicht mehr. Die große allerdings schon. Die Blockade, die einmal da gewesen war, ließ sich gerade noch erahnen. Hier hatte ein Krieg stattgefunden zwischen denen, die die Stadt verlassen wollten und jenen, die geschickt worden waren, das zu verhindern. Die Flüchtlinge schienen die Schlacht gewonnen zu haben, doch wie weit waren sie gekommen?

Beim Brautmodengeschäft kehrte Dany auf ihre ursprüngliche Route zurück. Das Holiday Inn war ebenfalls eine Ruine, aber da waren sie: die Elbbrücken. Unversehrt und wunderbar. Und ab hier wurden das Chaos weniger und die Straße freier. Dany traute sich, Gas zu geben und wieder auf das Navi zu hören. Sie mied den Blick aus den Seitenfenstern. Hamburg lag in Trümmern, und sie bekam eine Ahnung, welch ein Glück sie gehabt hatte, dass ausgerechnet Hamm verschont geblieben war. Wie würde es in Harburg sein?

Tatsächlich kam sie erstaunlich gut durch. Es kam ihr fast so vor, als wäre die Straße geräumt worden. Zu ihren Eltern war sie meistens mit der S-Bahn gefahren, aber ab und zu hatte ihr Vater sie schon mal mit dem Auto nach Hause gebracht. Und sie wusste mit ziemlicher Sicherheit, dass in der Mitte der Bundesstraße früher eine Betonmauer gewesen war. Die war verschwunden, so dass ihr vier freie Spuren zur Verfügung standen. Das konnte keine Privatperson gemacht haben. Die Straße war für schweres Gerät geräumt worden. Doch das hatte wohl bereits zu Beginn der Apokalypse stattgefunden. Jetzt war außer ihr niemand mehr hier, und sie erlaubte sich, die Geschwindigkeit auf 50 km/h zu erhöhen. Wenn sie in Harburg auch so durchrutschte, trennten sie nur wenige Minuten von ihrem alten Zuhause.

Die Harburger Innenstadt glich ebenfalls einem Kriegsgebiet. Das Einkaufszentrum sah aus wie eine eigentümliche Glasskulptur. Gefährliche Spitzen ragten in den Himmel. Eine schwarze Rauchsäule stand über der Phoenix Fabrik, die bis auf die Grundmauern niedergebrannt war. Auch ein paar der Hochhäuser, an denen Dany vorrüberfuhr, standen in Flammen. Je näher sie allerdings dem großen Friedhof kam, desto ruhiger wurde es. Hier sah ihre Heimat aus, wie sie sie in Erinnerung hatte. Es fehlten bloß die Menschen, die ihre Hunde spazieren führten oder an der Haltestelle auf den Bus warteten.

Die Vorgärten waren nicht mehr so gepflegt, und es lag Unrat herum, jedoch nicht so viel, wie zu erwarten gewesen wäre. Eißendorf war ganz die friedliche Vorstadt, die Dany aus ihrer Kindheit kannte. Ihr Elternhaus war das erste in der Straße, und Dany sah gleich, dass alle Außenjalousien heruntergelassen waren. Und sie waren alle intakt. Sie fuhr auf die Auffahrt und bemerkte, dass sie zitterte. Was erwartete sie da drin? Waren ihre Eltern vielleicht tot oder schlimmer noch, untot? Würden sie im Innern des Hauses auf sie warten und über sie und Auri herfallen? Sie schüttelte den Kopf. Sie war ohne große Schwierigkeiten hergekommen. Mit so wenig Schwierigkeiten, dass sie in Erwägung zog, mit regelmäßigen Touren sämtliche Vorräte aus ihrer Wohnung herzuschaffen. Dann würde sie auch hier Glück haben.

Mit jedem weiteren Tag, den sie mit Auri verbrachte, gelangte sie mehr zu der Überzeugung, dass es kein Zufall gewesen war, dass sie das Baby gefunden hatte. Es war Schicksal. Und das Schicksal arrangierte so etwas nicht, damit sie und Auri von ihren Eltern gefressen wurden. Auri schlief noch immer, und Dany entschied, zunächst das Garagentor zu öffnen.

Von der geräumigen Doppelgarage aus führte eine Tür direkt ins Haus. Da die Jalousien vor Haus- und Hintertür geschlossen waren, gab es ohnehin keinen anderen Zugang. Sie nahm den Schlüssel aus einer ihrer zahlreichen Taschen, entriegelte das Auto und stieg aus. So leise wie möglich schloss sie die Fahrertür und ließ die Zentralverriegelung wieder zuschnappen. Sie schloss das Garagentor auf und öffnete es. Die Garage war leer. Also, nicht ganz leer, denn es stand der übliche Krempel in den Regalen herum, aber das Auto – der jeansblaue Toyota – fehlte. Ihre Eltern waren nicht da. Sie hatten die Flucht gewagt. Das war die einzige Möglichkeit, die Dany in den Sinn kam. Sie kehrte ins Auto zurück und ließ es langsam in die Garage rollen. Sie stieg aus und schloss das Garagentor. Die Scheinwerfer beleuchteten die Rückwand der Garage, während Dany fieberhaft darüber nachdachte, was sie nun tun sollte. Auri schlief selig wie ein Engel. Im Haus würde es stockfinster sein. Und wer wusste schon, ob nicht doch Gefahren darin lauerten. Es passte ihr nicht, obwohl sie wusste, dass es für Auri sicherer war, im Auto zu warten. Sie kramte die Campinglampe hervor, schloss das Auto ab und öffnete die Zwischentür, die von der Garage ins Haus führte. Kein Gestank. Zombies roch man meilenweit. Hier roch es wie immer. Wie zu Hause.

Dany warf einen zweifelnden Blick zurück zum Auto. Nein. Sie musste sichergehen. Im Eilverfahren kontrollierte sie die Zimmer. Sie ließ sich nicht von Emotionen ablenken, schwelgte nicht in Erinnerungen, versuchte, nicht durchzudrehen, nicht zu heulen, um einen klaren Blick zu behalten. Sie sah nur die Zimmer durch, ob sich irgendwo Zombies oder Menschen aufhielten. Vom Dachboden bis zum Keller inspizierte sie alles. Aber sie fand keine Menschenseele und keinen Menschenkörper. Das Haus war verlassen. So schnell sie konnte, kehrte sie zum Auto zurück. Auri wurde gerade wach. Jetzt liefen die Tränen über. Dany schnappte die Reisetasche mit dem nötigsten Zeug und schnallte das Baby ab.

»Wir sind zu Hause, meine Süße«, sagte sie. »Fürs erste jedenfalls.«

Sie musste noch zweimal gehen, bis sie alles für eine anständige Milch- und Kaffeemahlzeit im Wohnzimmer zusammen hatte. Dort stellte sie ihre Lampe auf und schob den Esstisch vor die Tür, für den Fall, dass sie im Haus etwas übersehen hatte. Erst da fiel ihr die Notiz auf, die auf dem Tisch lag. Sie erkannte die Handschrift ihrer Mutter sofort. Dort hatten die kleinen Briefe immer gelegen, wenn Dany mal länger geschlafen hatte und ihre Mutter zum Einkaufen oder sonst wohin gefahren war. Und heute lag dort wieder ein Brief für Dany.

Aber Dany hatte keine Zeit, ihn zu lesen, denn Auri wurde

langsam unruhig, wollte eine Milch und eine frische Windel. Und besonders warm war es im Haus leider nicht. Dany setzte Wasser auf und befüllte den Kamin mit Scheiten aus dem Weidenkorb. Es war reichlich Holz da, und binnen Minuten hatte

Dany ein schönes Feuer gemacht. Das war natürlich ein Risiko. Der rauchende Schornstein würde anderen Überlebenden verraten, dass sich hier jemand aufhielt. Jemand, der Vorräte hatte oder mit dem man etwas Spaß haben konnte. Das Risiko würde sie eingehen müssen. Als Auri zufrieden trinkend in ihrem Arm lag, sie eine Wolldecke um sie beide geschlungen hatte und dampfenden Kaffeeduft einatmete, nahm sie den Zettel in die Hand und begann zu lesen.

Liebe Dany,

ich weiß nicht, ob du diese Zeilen jemals finden wirst. Vielleicht hast du versucht, dich zu uns durchzuschlagen. Vielleicht bist du aber auch längst tot. Dein Vater und ich haben lange darüber diskutiert, ob wir irgendwie in die Stadt kommen und dich retten können, doch es gab kein Durchkommen. Und obwohl ich das weiß, werde ich mir nie verzeihen, es nicht wenigstens versucht zu haben.

Vor zwei Tagen standen plötzlich Erik und Steffi vor der Tür. Und wir haben beschlossen, den Toyota zu nehmen und zu versuchen, uns zum Großen nach Himmelpforten durchzuschlagen. Auf dem Hof gibt es womöglich eine Chance. Wenn du das hier liest, komm uns nach und dann werden wir hoffentlich bald wieder alle zusammen sein.

In Liebe,
Mama

Dany legte den Brief neben sich und nahm einen Schluck von ihrem Kaffee. Das waren gute Nachrichten. Bis zu dem Zeitpunkt waren sie alle wohlauf gewesen, auch ihr Bruder und ihre Schwägerin. Offenbar hatte ihre Mutter die gleiche Idee wie sie gehabt. Vielleicht gab es doch eine Chance, ihre Familie wiederzusehen! Ihr ältester Bruder Marc hatte einen Resthof im Alten Land. Eigentlich für die Pferdezucht seiner Frau, aber es gab genug Land, um Obst und Gemüse anzubauen. Und wer interessierte sich schon für diese uralten Höfe? Sie gab Auri einen Kuss auf den Kopf.

»Wir bleiben ein paar Tage hier und ruhen uns aus«, verkündete sie. »Und dann steigen wir wieder ins Auto.«

Es war eine praktische Überlegung, denn wenn sie ehrlich war, hätte sie sich am liebsten sofort ins Auto gesetzt. Ihr Elternhaus so dunkel und verlassen zu sehen, war trostlos, und all die Erinnerungen belasteten sie mehr, als sie zugeben wollte. In jedem Winkel lauerten sie und sprangen sie an. Es war unmöglich, an diesem Ort nicht um das zu trauern, was sie verloren hatten. Was sie alle verloren hatten. Familie. Zuhause. Das Gefühl von Sicherheit. Dazu kam, dass sie nicht wusste, wie sicher sie wirklich waren. In ihrem Viertel hatte sie aufgeräumt. Sie hatte ihre Runden gedreht und monatelang niemanden getroffen. Hier konnte sie nicht wissen, wer noch am Leben war und den Rauch aus dem Schornstein entdecken würde. Zwar waren die Jalousien relativ sicher, aber hungrige Menschen waren nicht zu unterschätzen. Dany seufzte und stellte Auris inzwischen geleerte Flasche zur Seite. Sie sah keinen Sinn darin, diese sorgenvollen Gedanken weiter zu verfolgen. Sie waren angekommen, es war warm und es gab Essen. Sie legte Auri auf eine Decke in die Nähe des Kamins und machte sich selbst eine Dose Ravioli auf dem Campingkocher heiß. Und irgendwie war es ja doch ganz schön, zuhause zu sein. Besser jedenfalls als an einem fremden Ort. Später las sie Auri vor, bis sie eingeschlafen war, und las dann noch ein bisschen für sich, hielt das Feuer am Leben und verdrängte die Sorgen. Das beste Rezept gegen die allgegenwärtige Angst.

Als der Abend hereinbrach und Auri mit Milch und frischer Windel versorgt war, baute sie ihnen ein Deckenlager neben dem Kamin, und sie kuschelten sich eng aneinander. Während sie einschlief, glaubte sie fast, das Geräusch des Fernsehers zu hören, auf dem ihre Eltern einen alten Tatort sahen und sich leise darüber unterhielten. Ja, sie war zuhause. Nur war sie jetzt die Mutter und kein Kind mehr. Schon lange nicht mehr.

Als Dany hochschreckte, wusste sie nicht, wo sie war. Sie hatte das Gefühl, ein schwerer Stein läge auf ihrer Brust. Sie konnte nicht richtig atmen, und eine Decke hatte sich um sie geschlungen wie eine Fessel. Panisch strampelte sie sich frei und schnappte nach Luft. In dem Moment fiel ihr das Baby ein, und sie sah sich hektisch um. Im grauen Dämmerlicht erkannte sie Auri, die neben ihr lag und sie aus wachen Augen musterte.

Dany rieb sich die Augen. Sofort wusste sie wieder, wo sie war. Ihr Elternhaus. Das Wohnzimmer. Im Kamin waren die Scheite zu Asche zerfallen, und es glomm bloß ein bisschen Glut. Sie hatte keine Ahnung, wie spät es war, aber Auri hatte Hunger, also drehte sie die Campinglampe an und holte den Kocher herbei, um Wasser aufzusetzen. Sie fühlte sich wie ausgekotzt. Sie konnte sich nicht erinnern, wann sie sich zuletzt so gefühlt hatte. In den ersten Tagen, als sie ihre ersten

Zombies vernichtet und Vorräte rangeschafft hatte, hatte sie sich am nächsten Morgen vor Muskelkater kaum rühren können. Das hier war anders. Sie hatte Krämpfe in Armen und Beinen. Ihr Schädel dröhnte, und sie fror so sehr, dass sie zitterte.

»Scheiße.« Sie ließ den Karton mit dem Milchpulver sinken und sah Auri an. Dieses seltsam stille Baby, das so viel zu wissen schien, sie aus so klugen, wachen Augen ansah. »Ich glaube, ich habe Fieber.«

Dany fuhr mit der Zunge über ihre rissigen Lippen. Sie musste etwas trinken und griff zur Wasserflasche. Sie hatte nicht einmal Lust auf Kaffee! Verdammt. Das war was Ernstes. Sie trank einen halben Liter Wasser und machte Auris Flasche fertig. Dann zog sie sich das Baby auf den Schoß.

»Meine Süße.« Sie drückte das Kind fest an sich und versuchte, sich nichts anmerken zu lassen, aber in ihr rumorte es. Zum einen wollte sie Auri nicht anstecken. Egal, was sie nun hatte. Zum anderen: Wenn sie ernsthaft krank wurde, wie sollte sie da ein Baby versorgen? Sie schluckte und bemerkte erst jetzt das Kratzen in ihrem Hals. Na super!

»Wir haben nur Glück, dass ich ausgerechnet in diesem Haus krank werde.« Sie stellte die restlos geleerte Milchflasche beiseite.

»Deine Oma hortet Medikamente, seit sie einen eigenen Hausstand führt. Wir finden bestimmt etwas, das mich wieder gesund macht.«

Dany stand langsam auf und merkte, dass ihr leicht schwindelig war. Die Dunkelheit machte es nicht besser. Sie nahm Auri auf den Arm und ging in Zeitlupe zur großen Schrankwand. Dort stand eine batteriebetriebene Digitaluhr, die behauptete, es wäre kurz nach sieben Uhr morgens. Draußen musste gerade die Sonne aufgehen. Dany entschied, die Jalousien einen Spalt weit zu öffnen, um etwas Licht hereinzulassen. Die Wohnzimmerfenster gingen auf die Terrasse hinunter, die auf Höhe des Kellers lag. Sie waren also für Mensch und Zombie nicht erreichbar. Dany zog sich einen Stuhl heran und setzte sich einen Moment ans Fenster. Der Ausblick war so vertraut! Hier hatte sie so oft gesessen und in die Eichen geschaut. Sie hielt Auri im Arm und merkte, wie sie einnickte und sofort wieder auffuhr. Himmel, sie würde das Baby noch fallenlassen! Das lag sicher am fehlenden Kaffee.

»Okay, kleine Maus. Wir suchen jetzt erst einmal etwas gegen das Fieber.«

Eigentlich hatte Dany nie viel davon gehalten, Fieber zu senken, weil sie wusste, dass diese körpereigene Funktion besser dazu geeignet war, einen Infekt zu bekämpfen, als Medizin es je könnte. Aber damals hatte sie auch nicht für ein Kind sorgen müssen. Sie musste funktionieren. Daran führte kein Weg vorbei. Sie schob den Esstisch zurück an seinen Platz und öffnete die Tür zum Flur. Obwohl sie das Haus am Vortag durchsucht hatte, schimpfte sie sich für ihre Unvorsichtigkeit. Weder sie noch Auri hatten irgendeinen Schutz. Sollte eine dieser Madenschleudern ihnen auflauern, waren sie verloren.

Dany eilte zum Medizinschrank, der zwischen Küchen- und WC-Tür hing, und riss ihn auf. Sie sah auf den ersten Blick, dass die Hälfte fehlte. Offenbar hatte ihre Mutter einiges mitgenommen. Trotzdem fand sie ein Päckchen Paracetamol und Halsschmerztabletten, die seit zwei Jahren abgelaufen waren. Damit kehrte sie ins Wohnzimmer zurück und schob den Esstisch wieder vor die Tür. Kurz entschlossen zog sie die

Jalousien ganz auf. Das Baby blinzelte gegen die ungewohnte Helligkeit und Dany fiel siedend heiß etwas ein. Vitamin D!

»Du wirst noch Rachitis bekommen«, murmelte sie und schwankte. Aber darum würde sie sich an einem anderen Tag kümmern müssen. Jetzt musste sie ihr eigenes Fieber gesenkt bekommen. Sonst war Rachitis Auris geringstes Problem. Sie zog sich auf das Deckenlager zurück und nahm zwei Paracetamol mit einem Schluck Wasser. Dann schob sie sich eine Halsschmerztablette in den Mund. Sie dachte darüber nach, das Fieberthermometer aus ihrem Rucksack zu kramen, das sie eigentlich für Auri mitgenommen hatte, verwarf den Gedanken jedoch.

Sie wusste, dass sie Fieber hatte. Es spielte keine Rolle, wie hoch es war. Ihr Hals fühlte sich mit jeder Minute wunder an und daran änderte die Tablette wenig. Sie konnte kaum den Kopf drehen. Beim Abtasten stellte sie fest, dass ihre Lymphknoten geschwollen waren. Verdammte Axt! Sie durfte Auri nicht anstecken. Um keinen Preis! Sie ließ Auri auf den Decken liegen, wankte zur Tür und schob von Neuem den Esstisch zur Seite.

Im Flur holte sie sich zwei Halstücher ihrer Mutter aus dem Garderobenschrank, schlang sich eines um den Hals und wickelte sich ein weiteres um den Mund. »Ich sehe jetzt etwas komisch aus, Süße, und wir sparen uns die Küsschen und das Kuscheln ein paar Tage auf, ja?«

Auri runzelte die Stirn, aber sie weinte nicht. Schwarze Punkte tanzten vor Danys Augen. Das Verschieben des Tisches und das ständige Aufstehen und Hinsetzen machten sie völlig fertig. Sie musste sich ausruhen. Dringend! Sie raffte das letzte bisschen Kraft zusammen und stapelte neue Scheite im Kamin auf. Obwohl es Tag war, war es kalt im Haus. Dany entzündete das Feuer und warf sich eine Decke um die Schultern. Für gewöhnlich hätte sie Auri vorgelesen, doch dazu fühlte sie sich gerade nicht in der Lage. So, wie ihr Hals sich anfühlte, war es ein Wunder, dass sie überhaupt Wörter herausgekrächzt bekam. Da fiel ihr das Handy wieder ein, das sie im Auto geladen und anschließend nicht eingeschaltet hatte. Es steckte noch in einer Tasche ihrer Lederjacke, die auf dem Sofa lag. Sie schaltete das Handy ein und widerstand der Versuchung, sich die Fotos anzusehen. Dafür brauchte sie sich bloß umzuschauen. Es hingen genug Familienfotos an den Wänden. Aber sie hatte Vivaldis *Vier Jahreszeiten* auf dem Handy und machte sie für Auri an. Sie drückte dem Kind sein Kuscheltier in die Hand und sagte: »Mami muss ein bisschen schlafen. Ich hab dich lieb. Und ich hasse es, dich zu vernachlässigen, aber ...«

Da fielen ihr bereits die Augen zu.

Maden. Sie waren überall. Dany konnte sie spüren, wie sie unter ihrer Haut wühlten, wie sie sich durch ihre Eingeweide fraßen. Sie spürte sie hinter ihren Augäpfeln, in ihren Nebenhöhlen, in den Muskeln und Knochen ihrer Arme und Beine. Aber am meisten spürte sie sie in ihrem Hals.

Ich habe verloren, dachte sie. *Nach all der Zeit habe ich den Kampf verloren. Und ich werde sterben. Allein.*

Das Wort traf sie wie ein Schlag. Denn es stimmte nicht. Sie war nicht mehr allein. Sie zwang sich, die Augen zu öffnen. Sie fühlten sich verklebt an, als hätten sie sich in zwei Kokons verwandelt und gleich würden sich Schmetterlinge daraus befreien. Oder Käfer. Oder Fliegen. Zu was wurden diese Maden? Hatte das jemals jemand erforscht? Auri. Wo war Auri? Durch Nebelschwaden glaubte sie ihre Tochter zu sehen. Sie lag neben ihr, der Mund leicht geöffnet. Die Augen starrten blicklos ins Leere. Und überall auf ihr wimmelte es.

»Nein!«, versuchte Dany zu schreien und riss den Mund auf. »Nein, nein, nein!«

Mit jedem Wort fielen weitere Maden aus ihrem Mund, ein riesiger, wimmelnder Schwall. Es waren tausende. Sie bedeckten den kleinen Körper, begruben ihn unter sich, bis er nicht mehr zu erkennen war. Dany wollte aufstehen, das Mädchen an sich reißen, wollte die Maden wegschlagen. Sie strampelte und schlug um sich, fiel hin und blieb liegen, schluchzend und wimmernd, und die Schwärze griff erneut nach ihr.

»Dany.« Die Stimme ihrer Mutter in der Finsternis. Ein waberndes Grau. Nichts war zu erkennen, als schwebe sie in einem Universum ohne Sterne. »Dany, Schatz, du musst aufwachen!«

»Mama?«, wollte sie fragen, aber sie konnte nicht sprechen. Ihr Hals tat so entsetzlich weh! Sie spürte die Hand ihrer Mutter auf ihrer Stirn.

»Denk an das Kind, Dany. Denk an Auri!«

Auri! Dany riss die Augen auf und setzte sich ruckartig hin. Graues Dämmerlicht beherrschte das Wohnzimmer ihres Elternhauses. Ihr Feuer hatte nicht richtig gezündet, und die Scheite lagen kaum verändert im kalten Kamin. Dany zitterte am ganzen Leib. Und neben ihr lag Auri und brüllte, wie Dany sie nie zuvor hatte brüllen hören. Vanessa-Mae hatte aufgehört, die *Vier Jahreszeiten* zu dudeln. Es mussten Stunden vergangen sein, während Dany geschlafen hatte. Auri schrie vor Hunger und vor Kälte. Ihre Kleidung war durchnässt von Urin. Dany schossen die Tränen in die Augen. Sie hätte sich am liebsten geohrfeigt. Was war sie für eine Mutter? Sie zog das Tuch vor den Mund und griff nach Auri, die sie aus verheulten Augen ansah. Der Blick sagte mehr als tausend Worte.

Du warst nicht da! Ich habe gedacht, du hättest mich verlassen. Wie meine andere Mutter! Und du hast versprochen, da zu bleiben oder mich mitzunehmen. Zu tun, was sie nicht hatte tun können!

Dany zitterte so heftig, dass sie befürchtete, Auri fallenzulassen. Obwohl ihr Hals sich anfühlte, als bestünden ihre Stimmbänder aus Stacheldraht, fing sie zu flüstern an: »Ist ja gut, meine Süße. Ich bin ja da. Ich bin ja da. Du bist bestimmt hungrig und du bist ganz nass und frierst. Wir bekommen das alles hin. Beruhige dich! Ich bin ja da!«

Sie drückte das Baby mit einem Arm an sich und angelte mit der anderen Hand nach der Wasserflasche. Die klemmte sie sich zwischen die Knie und schraubte sie auf. Sie verschüttete vor lauter Zittern die Hälfte, als sie den Kochtopf befüllte, aber für eine Milch würde es reichen. Während der Campingkocher seine Arbeit tat, zog sie Auri aus, die wieder in ihr leises Weinen verfallen war. Dany schniefte. Ihre Nase lief, und ihre Augen tränten. Hinter ihrer Stirn wummerte der Schmerz.

Und da war noch etwas anderes. *Aufwachen, Dany, du musst aufwachen!* Sie hatte von ihrer Mutter geträumt. War das wirklich nur ein Traum gewesen oder hatte sie tatsächlich Besuch von ihrer Mutter bekommen? Hieß das nicht, dass sie nicht mehr am Leben war? Dany presste die Lippen aufeinander und schüttelte den Kopf. Einen Schritt nach dem nächsten, ermahnte sie sich und legte Auri eine frische Windel an. Aus ihrem Rucksack nahm sie saubere Kleidung für das Mädchen heraus und als sie umgezogen war, kochte das Wasser. Dany machte eine Flasche fertig und entfachte das Feuer neu, während sie darauf wartete, dass die Milch Trinktemperatur hatte. Schließlich lehnte sie sich gegen das Sofa und gab Auri die Flasche. Immer noch liefen Tränen über Auris Wangen, und beim Trinken gab sie kleine, verlorene Schluchzer von sich. Dany verspürte so viel Liebe wie nie zuvor in ihrem Leben. Und sie dachte darüber nach, dieses Würmchen zu töten. Erst das Würmchen und dann sich selbst. Auri schlief ein und trank die letzten Tropfen Milch im Schlaf. Dany hatte keine Ahnung, wie lange sie so geschrien hatte. Das schlechte Gewissen dröhnte lauter als der Kopfschmerz. Nein. Sie konnte Auri nicht töten. Aber sie brauchte andere Menschen. Sie konnte sie nicht allein großziehen. Nicht in dieser Welt voller Gefahren. Sie brauchte jemanden, der ihre Aufgaben übernahm, wenn sie krank war oder Vorräte suchte oder starb. Jemanden, dem sie vertrauen konnte. Und solche Menschen waren heute rarer denn je.

Als Auri schlief, schleppte sich Dany aus dem Wohnzimmer in den Flur und durchsuchte von Neuem den Medizinschrank ihrer Mutter. Endlich fand sie, was sie gesucht hatte: eine Packung Antibiotika, die nicht einmal angebrochen war. So wie ihr Hals und ihre Lymphknoten sich anfühlten – und auch die Ohren taten mittlerweile weh – vermutete sie eine Streptokokkeninfektion. So eine hatte sie vor Jahren schon einmal gehabt. Sie hatte keine Ahnung, wo sie sich damit angesteckt haben könnte. War Auris Mutter vielleicht krank gewesen und von ihrer Gruppe verstoßen worden? Hatte sie deshalb das Kind allein im Drogeriemarkt bekommen? Und Auri hatte Dany dann angesteckt? Sie dachte auch an die Ratte, die ihr über den Fuß gelaufen war, und an Herrn und Frau Fassoulas. Wer sagte denn, dass Zombies nicht auch noch andere Krankheiten verbreiteten. Oder war das etwa doch der Beginn ihrer eigenen Wandlung zum Zombie? Sie kannte sich zu wenig mit Viren und Bakterien aus, um zu einem endgültigen Schluss zu kommen. Sie wusste nur, dass die geschwollenen Lymphknoten nach einem Antibiotikum verlangten. Sie erinnerte sich sogar, wie ihrer Mutter das Antibiotikum verschrieben worden war. Die hatte damals gemeint, sie bekäme das auch mit Ingwer in den Griff. Und das hatte sogar geklappt. Zum Glück, denn sonst gäbe es jetzt keine Antibiotika für Dany. Als Nächstes machte sie einen Abstecher in die Küche und bediente sich am Teeschrank. Der Gang in die Küche schmerzte. Hier war alles so vertraut, so heimelig, aber ihre Familie fehlte so sehr! Auri schlief immer noch, als sie ins Wohnzimmer zurückkehrte und den Esstisch zurück vor die Tür schob. Sie setzte Teewasser auf und starrte vor sich hin. Ihre Beine zitterten nach den wenigen Schritten, dennoch schien das Fieber nicht mehr ganz so hoch zu sein wie vor ihrem Schlaf. Sie trank einen Pfefferminztee und nahm die erste Dosis des Antibiotikums. Dann döste sie ans Sofa gelehnt wieder ein.

Als Auri das nächste Mal erwachte, war Dany sofort wach. Das kleine Mädchen schien ihr verziehen zu haben, dass sie sie zuvor so lange hatte brüllen lassen, obwohl die Schuldgefühle an Dany nagten und Wörter wie »Nestwärme« und »Urvertrauen« in ihrem Kopf herumgeisterten. Aber wahrscheinlich war in dieser Welt eh eher ein Urmisstrauen angesagt. Sie drückte Auri fest an sich, während sie ihr die Flasche gab. Vielleicht bildete sie sich das nur ein, doch sie hatte das Gefühl, dass die Halsschmerzen ein wenig nachgelassen hatten. Als Auri mit Trinken fertig war, griff Dany nach ihrem Handy und zeigte ihr die Fotos, die sie gespeichert hatte. Sie hatte das Tuch vor den Mund gezogen, unsicher, ob das Auri genug Schutz bieten würde. Es war besser als nichts. Sie erklärte ihr, wer die Personen auf dem Display waren, und das Kind sah sich jedes Foto staunend an. Der Akku hatte ein paar Prozent eingebüßt, nachdem sie zuvor die kompletten *Vier Jahreszeiten* abgespielt hatte, aber das machte nichts. Sie würden ohnehin bald wieder mit dem Auto fahren, und Dany dachte darüber nach, eines der Fotoalben mitzunehmen, die im Wandschrank standen.

Papierfotos waren in der heutigen Zeit besser als digitale. Sie kochte sich einen Erkältungstee und nahm die nächste Dosis des Antibiotikums. Sobald sie sich dazu in der Lage fühlte, würden sie fahren. Es war einfach ein zu großes Risiko, hier zu sein. Die geschlossenen Jalousien boten zwar etwas Schutz, riefen jedoch geradezu danach, dass es etwas zu plündern gab. Dazu der Rauch aus dem Schornstein. Jemand, der auf der Suche nach Menschen war – ob aus guten oder schlechten Gründen – würde sofort wissen, dass hier jemand hauste. Aber sie brauchten das Feuer, brauchten das Haus, und Dany brauchte Ruhe. Also schob sie die Sorgen zur Seite und machte ein prächtiges Feuer, dem Auri fasziniert zusah. Sie kuschelten sich eng aneinander. Als Auri irgendwann einschlief, schloss Dany sich an und legte sich neben sie.

Sie verbrachten einen ruhigen Tag miteinander, schliefen viel, hörten ein weiteres Mal die *Vier Jahreszeite*n, und gegen Abend schaffte Dany es sogar, ein paar Seiten vorzulesen, obwohl ihre Stimme erbärmlich krächzte. Der Holzvorrat ging langsam zur Neige. Sie wusste zwar, dass im Garten noch mehr Holz lag – sofern es nicht geplündert worden war – hatte aber vor, zurück auf der Straße zu sein, bevor es alle war. Jeder Tag in diesem Haus war einer zu viel, jede Stunde ein Risiko. Dass sie damit Recht hatte, zeigte sich noch in derselben Nacht.

Diesmal war es nicht Auri, die sie weckte. Es war ein Geräusch, das ihr aus ihrer Kindheit vertraut war, wenn die Frühjahrsstürme an den Jalousien gerüttelt hatten und Dany nicht schlafen konnte aus Angst, eine der hohen Eichen würde auf das Haus stürzen. Doch es war nicht der Wind, der an der Jalousie vor der Haustür rüttelte. Es war ein Mensch. Dany schüttelte den Schlaf ab. Dann hörte sie das Rufen. Auri sah sie aus vor Schreck starren Augen an, gab jedoch keinen Mucks von sich. Dany legte einen Finger an die Lippen, wohl wissend, dass das Baby mit dieser Geste nichts anzufangen wusste.

»Hallllooooo?« Wieder hämmerte es. Wer auch immer da vor der Tür stand, schlug mit den Fäusten gegen die Jalousie.

»Haaaaallllllooooooo! Ist da jemand drin? Ich weiß, dass Sie da drin sind! Lassen Sie mich rein!«

Dany presste die Lippen aufeinander. Was sollte das für eine Masche sein? Fiel nach so vielen zombieverseuchten Monaten echt noch jemand auf so etwas rein?

Lassen Sie mich rein, ich habe Angst. Wir können uns gegenseitig helfen. Bla bla blablabla.

Der Mann zog weiter zum Küchenfenster, das allerdings ebenfalls mit einer Jalousie gesichert war. Dany hatte keine Ahnung, wie stabil diese Jalousien tatsächlich waren. Ihr Vater hatte sie anbringen lassen, nachdem es in der Nachbarschaft einige Einbrüche gegeben hatte. Damals hatte die Firma die ultimative Sicherheit versprochen. Aber galt das auch in Zeiten wie diesen? Dany hörte das Garagentor scheppern. Der abgewiesene Fremde schien mit schweren Stiefeln dagegen zu treten. Früher hatte Dany dieses Geräusch geliebt, wenn sie ihren Ball mit voller Wucht dagegen getreten hatte. Immer und immer wieder. Bis die Nachbarin, eine resolute Polin, sie am Ohr packte und zur Haustür zog, damit ihre Mutter ihr die Leviten lesen konnte. Jetzt ließ das Geräusch sie schaudern. Der Mann versuchte es an der Terrassentür. Sie hörte ihn fluchen, heulen wie einen verletzten Wolf.

»Fickt euch doch!«, keifte er auf der Terrasse. »Ihr reichen Bonzen! Ich habe euch schon gehasst, bevor die Welt den Bach runterging. Erstickt doch an euren dreckigen Vorräten!«

Dann wurde es endlich still, aber Dany machte in dieser Nacht kein Auge mehr zu, und diesmal kam das Zittern nicht vom Schüttelfrost.

Dany benötigte drei volle Tage bis sie sich in der Lage fühlte, Auto zu fahren. Der Mann, der auf der Terrasse herumgebrüllt hatte, kam nicht wieder. Doch es würden andere kommen. Das wusste sie. Und es war auch keine Lösung, in diesem dunklen Haus zu bleiben mit nur einem Bruchteil der Vorräte, die sie in ihrer Wohnung gehabt hatte. Sie brauchte ein sicheres Heim für sich und Auri. Mit Menschen, denen sie vertrauen konnten. Mit Vorräten und Nachschub. Im besten Fall einem eigenen Brunnen und einem Garten und Nutzvieh. Sie las noch einmal den Brief ihrer Mutter und schöpfte etwas Hoffnung. Vielleicht würde sie all das dort finden! Am Abend vor dem Tag, an dem sie fahren wollte, packte sie ihre Sachen zusammen und legte ein paar neue Dinge hinzu. Sie nahm ein Familienfoto von der Wand, das die ganze Familie bei einem Weihnachtsfest zeigte. Und ein Foto von ihrer Großmutter umgeben von ihren Enkeln. Sie hätte zu gerne eines der Fotoalben mitgenommen, aber die nahmen wirklich viel Platz weg, und sie wollte auch keine einzelnen Fotos herausnehmen. Es tat weh, sie zurückzulassen. Es war kaum vorstellbar, wie sehr es ihre Mutter geschmerzt haben musste. Überhaupt war dieser Abschied um einiges schlimmer als der von ihrer Wohnung. Sie hatte nicht damit gerechnet, dieses Haus jemals wiederzusehen. Und schon gar nicht hatte sie mit so einer wundervollen Nachricht ihrer Mutter gerechnet. Mit all dieser Hoffnung! Und gleichzeitig war da die Angst, dass diese frisch gekeimte Hoffnung zerschlagen wurde. Daran durfte sie jetzt nicht denken. Einen Schritt nach dem anderen.

Am nächsten Morgen kochte sie sich Kaffee und befüllte ihren Thermobecher. Es war der erste Kaffee seit vier Tagen und das war ein untrügliches Zeichen dafür, dass Dany wirklich krank gewesen war. Der erste Schluck schmeckte himmlisch!

Sie machte Auri fertig, packte all die Kleinigkeiten des täglichen Gebrauchs ein und hinterließ das Haus so ordentlich wie möglich. Dann zog sie sich ihre Lederjacke an und ging mit Auri in die Garage. Das Baby schien sich auf die Autofahrt zu freuen. Sie schnallte sie in ihrem provisorischen Kindersitz an und öffnete das Garagentor. Dann fuhr sie den Wagen hinaus und beeilte sich, das Garagentor zu schließen. Sie hechtete zurück ins Auto und schnallte sich an.

Eine Weile lang betrachtete sie durch die Windschutzscheibe den Ort ihrer Kindheit.

Den Parkplatz, auf dem sie mit ihren Brüdern Fußball gespielt hatte.

Den Spielplatz, auf dessen Schaukeln sie versucht hatte, einen Überschlag zu machen, was natürlich nie gelungen war. Die Bäume, deren Spitzen sie erklommen hatte. Es war alles noch da. Doch es lag Rauch in der Luft. Harburg brannte, und es würde nicht mehr lange dauern, bis das Feuer auf

Eißendorf übergriff. Mit einem Seufzen riss Dany sich von diesem Anblick los und programmierte das Navi. 56 Minuten sollte die Fahrt nach Himmelpforten dauern. Schiefgehen konnte dabei so ziemlich alles. Aber eines konnte Dany schon einmal sagen: So sehr der Abschied vom Haus ihrer Eltern schmerzte, so wohltuend waren die Sitzheizung und die warme Luft aus den Lüftungsschlitzen. Trotz des Kamins hatte sie das Wohnzimmer nicht so gut geheizt bekommen, und dazu kam das Fieber ... Dany straffte die Schultern und fuhr los.

Als sie den Hainholzweg hinauffuhr, sah sie weitere Stationen ihrer Kindheit. Häuser, in denen sie Spielkameraden getroffen hatte. Häuser, in denen Freunde ihrer Eltern lebten. Einige waren verbarrikadiert, andere hatten eingeworfene Scheiben. Es war unmöglich, festzustellen, in welchem Haus noch jemand lebte. Dany fuhr langsam. Kaum schneller als Schrittgeschwindigkeit, obwohl die Straße frei war, als hätten alle noch mal eben besonders sauber geparkt, bevor die Zombiehorden einmarschierten. Auf den Turm der Apostelkirche hatte jemand »Danke Gott!« geschrieben, und Dany fragte sich, wie derjenige wohl dort hinaufgekommen war und ob es ernst oder sarkastisch gemeint war. Beides war möglich. Es war schwer, einen klaren Verstand zu behalten, wenn die Toten umherwandelten. Daher waren die meisten Überlebenden mit Vorsicht zu genießen. Selbst wenn sie nicht mit Kalkül handelten, waren sie wahrscheinlich wahnsinnig. Dany presste die Lippen aufeinander. Daran sollte sie nicht denken. Sie würde ein sicheres Heim für sich und Auri finden. Mit netten Menschen. Im besten Falle ihrer Familie.

Sie bog in den Ehestorfer Weg ein, der vom Wald gesäumt wurde. Eine Brücke führte über die A7, und Dany erkannte, dass auch die Autobahn leer war. Seltsam. Aber andererseits: wohin hätten die Menschen fliehen sollen? Sie fuhr jetzt etwas schneller. Der Wald war ihr unheimlich. In der Haake hatte sie als Kind viel Zeit verbracht, war mit ihrem Vater spazieren gegangen oder hatte mit ihren Freundinnen Fahrradtouren gemacht. Manchmal hatte sie allein lange Spaziergänge gemacht und in einem Bett aus Moos einen Mittagsschlaf gehalten. Einmal hatte sie ein Reh getroffen und war ihm eine Zeitlang gefolgt. Einer der magischsten Momente ihres Lebens. Ob jetzt noch Rehe in diesem Wald lebten? Oder hatten die Zombies sie alle gegessen? Dany schauderte. Sie konnte nur hoffen, dass ihr nichts vors Auto lief, ganz gleich ob Reh oder Zombie. Das Navi lotste sie durch die Dörfer, die so verschlafen aussahen wie eh und je. Beinahe, als hätte man hier sogar die Zombieapokalypse verpennt. Lediglich der eine Supermarkt war eindeutig geplündert worden. Straßensperren oder sonstige Spuren vom Militär fand sie keine.

Das ließ sie weiter Hoffnung schöpfen. Man hatte sich auf die Städte konzentriert. Womöglich gab es in den Dörfern noch so etwas wie eine Gemeinschaft. Der nächste Wald verschluckte sie. Den fand sie noch dunkler und gruseliger als den vorherigen. Sie gab mehr Gas und drehte die Heizung höher. Sie hätte gern etwas Musik gehabt. Am besten Radio mit nervigen Moderatoren, die in ihrer übertriebenen Art die Musikstücke ankündigten. Aber das einzige, das sie reinbekam, war eine automatische Durchsage: *Bleiben Sie in Ihren Häusern. Helfen Sie Ihren Nachbarn. Versuchen Sie nicht, über die Grenze zu fliehen. In Kürze wird humanitäre Hilfe eintreffen.*

Dany kannte die Durchsage in- und auswendig. Und natürlich war kein Wort davon wahr. Vielleicht abgesehen von der

Warnung, eine Grenze zu überqueren, was unweigerlich mit dem eigenen Tod enden würde.

Als sie den Wald wieder verließen, war Auri eingeschlafen. Dany konzentrierte sich auf die Straße, obwohl die immer noch hindernisfrei war. Links und rechts von ihr waren Felder. Soweit das Auge reichte. Dazwischen standen ab und zu ein paar Bäume. Über einer dieser Bauminseln kreisten Krähen, und Dany glaubte, einen Körper dort baumeln zu sehen. Sie erschauerte. Ab und zu lagen Autowracks im Straßengraben, und sie gelangte zu dem Schluss, dass jemand die Straße freigeräumt hatte.

Das waren jedenfalls keine Zombies gewesen, so viel war sicher. Ob sie den Menschen, die das getan hatten, begegnen wollte, war eine andere Frage. Sie schwankte die ganze Zeit zwischen Hoffnung und entsetzlicher Angst. Es war leicht gewesen, sich von den Menschen fernzuhalten, solange sie allein gewesen war. Aber jetzt war sie nicht mehr allein. Die Dörfer machten irgendwie den Eindruck, als seien sie bewohnt. Als fände so etwas wie ein geregeltes Leben statt.

Doch würde man sie einfach so in einer Gemeinschaft aufnehmen? Die waren bestimmt genauso misstrauisch wie sie. Als sie nach Elstorf kam, einer relativ großen Ortschaft, verstärkte sich das ungute Gefühl. Sämtliche Geschäfte waren geplündert worden. Bunter Unrat lag auf der Straße, allerdings auch jede Menge Leichen. Hier hatte definitiv niemand aufgeräumt.

Die Kirche war zur Hälfte abgebrannt und zusammengefallen. Die Häuser waren mit Graffitis beschmiert, deren Aussagen Dany nicht verstand.

Es schienen Bibelverse zu sein, die jedoch schief und verdreht auf sie wirkten. Unwillkürlich wurde sie langsamer, um die Sprüche zu lesen und dem Unrat auf der Straße auszuweichen.

»Der Herr schenke dir das Übel, opfere deine Seele« stand auf einer Mauer. »So seht nun sorgfältig darauf, wie ihr euer Leben führt, nicht als Weise, sondern als Narren, und kauft die Zeit auf, denn die Tage sind böse.«.

Jemand hatte sich damit viel Mühe gegeben. Zu welchem Zweck auch immer. »Wer der Gerechtigkeit und Güte nachjagt, der findet Tod und Verderbnis«.

»Alles klar«, murmelte Dany in die Stille ihres Fahrzeugs hinein und war erschüttert, wie dünn und verängstigt ihre Stimme klang. »Wir sind hier nicht willkommen, und wir wollen auch gar nicht bleiben. Viel Spaß noch beim Verdrehen der Bibel!«

Sie umkurvte einen regelrechten Leichenberg, dann war die Straße wieder frei, und sie gab Gas. Als sie bei Buxtehude über die Este fuhr, sah sie, dass die Stadt brannte. Und zwar gründlich. Kaum ein Stein schien auf dem anderen zu stehen. Tja, jetzt bellten die Hunde wohl nicht mehr mit dem Schwanz. Sie ließ die Stadt hinter sich und durchquerte Neukloster, das ebenfalls schmutzig, geplündert und voller Leichen war.

Auch umherwandelnder, die hinter ihrem Auto her torkelten, als könnten sie das Essen auf Rädern irgendwie aufhalten. Aber Dany ließ sich nicht aufhalten. Sie hatte etwa die Hälfte der Strecke geschafft, und wenn sie weiterhin so gut durchkam, konnte sie vielleicht schon bald ihre Familie in die Arme schließen.

Sie kam bis Horneburg. Da musste sie eine Vollbremsung einlegen. Jemand hatte mit alten Autos eine Straßensperre errichtet, um die B73 zu blockieren. Ebenso wie jeden Zugang nach Horneburg. Einige Minuten lang stand Dany ratlos auf der Straße. Da das Navi natürlich nicht erkannte, dass die Straße gesperrt war, schlug es ihr auch keine Alternativroute vor. Es gab bloß zwei Möglichkeiten: umkehren oder links abbiegen. Sie entschied sich für letzteres und nahm sich vor, sobald wie möglich rechts abzubiegen, um zurück auf die eigentliche Route zu kommen. »Schon wieder ein Wald«, grummelte sie. Kein Auto war zu sehen, und als sie die Karte auf dem Navi verkleinerte, sah sie, dass diese Straße sie zumindest in die richtige Richtung bringen würde. Also bog sie ein. Rechts von ihr lag ein Neubaugebiet mit unfertigen Häusern, in die nie jemand einziehen würde.

Dann kamen Felder, ein abgebranntes Haus auf der linken Straßenseite und anschließend nur noch Wald. Dany fuhr langsamer. Der Wald war finster, und sie überkam ein ganz komisches Gefühl. Als wäre es Schicksal, dass sie hier war. Sie warf einen Blick auf Auri, die erwacht war und Dany aufmerksam ansah. Ob sie es auch spüren konnte? Es war verrückt. Vollkommen verrückt. Aber Dany glaubte sogar, einen Hauch von Franzbranntwein zu riechen, der die letzten beiden schicksalhaften Momente ihres Lebens begleitet hatte. Sie fuhr kaum 20 km/h und sah abwechselnd zum Baby und auf die Straße. Da tauchte plötzlich ein süßes, rotes Backsteinhaus zu ihrer Linken auf, und Dany blieb abrupt stehen. Ihre Lippen zitterten, und ihr Verstand rotierte. Sollte sie ihrem Instinkt vertrauen oder lieber doch weiterfahren? Bevor sie diese Entscheidung bewusst getroffen hatte, bog sie schon in die Auffahrt ein. Dort stand ein alter, ehemals silberfarbener Kastenwagen. Sie parkte den Kombi daneben und konnte jetzt einen großen Garten überblicken. Eine kleine, alte Frau mit einem Strohhut war gerade dabei, das Laub vom Rasen zu harken. Was für eine seltsame Tätigkeit in Zeiten wie diesen!

Die Frau richtete sich auf und sah verwundert zu Danys parkendem Wagen. Dann lächelte sie und hob eine Hand zum Gruß. Dany stellte den Motor ab und hob ebenfalls ihre Hand. Sie hatte diese Frau nie zuvor gesehen, aber da war einfach dieses Gefühl. Sie schnallte sich ab und wandte sich dem Baby zu:

»Du bleibst hier und wartest auf mich, ja, Süße? Ich bin gleich zurück.«

Sie stieg aus. Die Frau war nicht zur Pforte gekommen, sondern an den Zaun getreten.

»Haben Sie sich verfahren, meine Liebe?«, erkundigte sie sich, und Dany war einen Moment lang sprachlos. Sie hatte mit allen möglichen Fragen gerechnet, doch bestimmt nicht mit dieser.

»Ja, vielleicht«, antwortete sie und spürte, dass die Halsschmerzen wieder stärker geworden waren. Sie musste unbedingt daran denken, das Antibiotikum aufzubrauchen! »Ich wollte nach Himmelpforten zu meiner Familie. Aber ... die Straße war versperrt. Meine Tochter ...« Sie deutete auf das Auto. »... könnte eine Milch vertragen und ich einen Kaffee.«

»Kaffee?«, wiederholte die Frau schwärmerisch. »Oh, Kaffee wäre fantastisch! Leider habe ich schon seit Wochen keinen Kaffee mehr. Der Junge vom Supermarkt kommt nicht mehr, und die Höllenkiste dort kann ich nicht fahren.«

Dany leckte sich nervös über die Lippen. Was war los mit der Frau? Hatte sie etwa nicht mitbekommen, was passiert war?

»Nun, ich nehme mal an, der Junge vom Supermarkt ist höchstwahrscheinlich tot«, versuchte Dany so behutsam wie möglich herauszufinden, wie klar diese Frau bei Verstand war. »So wie der Großteil der deutschen Bevölkerung.« Die Frau blinzelte zweimal. Dany hatte das Gefühl, dass ihre Augen leicht feucht wurden. »Ach ja richtig. Das vergesse ich gerne.«

Dany lächelte. »Das kann ich gut verstehen. So habe ich das auch gemacht. Habe meine Bücher gelesen und das Chaos da draußen verdrängt. Und dann kam sie.« Sie deutete wieder auf das Auto. »Aber wenn Sie möchten ... ich habe Kaffee dabei. Nur Instantkaffee, aber der ist erstaunlich lecker. Ich habe sogar einen Karton H-Milch und drei Pakete Zucker, wenn sie ihn lieber blond und süß trinken. So wie ich.«

Die Frau strahlte sie ungläubig an. »Oh, das wäre wunderbar!«

Dany grinste. Offenbar hatte sie jemanden gefunden, der Kaffee ebenso vergötterte, wie sie selbst es tat. Sie ging zum Kofferraum und nahm ein Glas Kaffee, einen Tetrapak Milch und ein Paket Zucker heraus. Dann ging sie zur Beifahrertür und packte die Lebensmittel in ihre Tasche, die sie sich über die Schulter warf. Sie nahm Auri auf den Arm und schlug die Tür mir der Hüfte zu. Jetzt strahlten die Augen der alten Frau noch viel mehr.

»Die ist ja entzückend! Wie heißt sie denn?«

»Auri«, sagte Dany, und die Frau starrte sie an wie vom Donner gerührt.

»Wie das Mädchen aus *Der Name des Windes*?«, fragte sie, und Dany starrte ebenfalls fassungslos zurück. Die Frau lachte.

»Euch hat der Himmel geschickt! Los, kommt ins Haus.« Das ließ Dany sich nicht zweimal sagen.

Es war ein verrücktes Gefühl, der Frau durch ihren Garten

zum Haus zu folgen. Alles wirkte so normal! Um den Garten herum war nur Wald. Der Garten selbst war nicht besonders geschützt. Bloß ein wackliger Jägerzaun verlief drumherum. Wenn hier eine Zombiehorde vorbeikam, war das Haus Geschichte. Es war merkwürdig, dass nichts dergleichen bisher geschehen war. »Leben Sie hier allein?«, wollte Dany wissen, als sie hinter der Frau das Haus betrat. Die Haustür schien uralt zu sein. Sie hatte auch draußen eine Klinke und die Frau hatte sie nicht aufgeschlossen. Das alles hätte heftiges Magengrummeln bei Dany auslösen sollen, tat es aber nicht. Lediglich ihr Verstand arbeitete auf Hochtouren. Ihr Bauchgefühl verhieß ihr, zu bleiben und nicht weiter nach Himmelpforten zu fahren.

»Ja, Schätzchen. Ich lebe hier allein. Seit dem Tod meines Mannes vor ein paar Jahren.«

Sie führte Dany in die Küche, und die hätte fast verblüfft aufgeschrien, als die Frau nach ihrem Wasserkocher griff und einfach den Wasserhahn aufdrehte, aus dem herrlich klares Wasser kam.

»Was …«, stammelte Dany und kam sich wie eine Idiotin vor. Oder wie jemand, der gerade aus dem Mittelalter in der modernen Welt gelandet war. »Sie haben Strom? Und fließendes Wasser?«

Einen Moment lang sah die Frau sie überrascht an, dann lachte sie. »Ich habe einen Brunnen im Garten und eine Pumpe. Und ich erzeuge meinen Strom selbst. Schon seit Jahren. Mein Mann und ich haben früher in Hamburg gewohnt, doch wir haben uns immer ein Selbstversorgerhaus gewünscht und diesen Plan irgendwann in die Tat umgesetzt.«

»Das ist der Wahnsinn!«, hauchte Dany überwältigt. Die alte Frau rückte ihr einen Stuhl heran, und nur einige Minuten später saßen sie am Küchentisch und hatten beide einen dampfenden Kaffee vor der Nase.

»Ich heiße übrigens Dany«, stellte sie sich endlich vor.

»Freut mich«, erwiderte die Frau. »Ich bin Edna.« Dany versuchte nach ihrem Kaffee zu greifen, aber Auri war auf ihrem Arm heute viel lebhafter als sonst und strampelte mit Armen und Beinen. Edna erhob sich und ergriff beide Kaffeebecher.

»Kommt mit ins Wohnzimmer, ihr zwei. Da ist es gemütlicher.«

Das erste, was Dany im Wohnzimmer ins Auge fiel, war die riesige Bücherwand. Bücher, soweit das Auge reichte. Es war wie im Paradies. Dazu gab es einen Esstisch mit vier Stühlen, ein großes Ecksofa und einen Kachelofen. Edna stellte die Becher auf dem Esstisch ab und breitete eine Wolldecke auf dem Boden aus. Dany legte Auri ab und platzierte Gizeku auf ihrem Bauch. Jetzt konnte sie ihren Kaffee genießen und anfangen, Edna Fragen zu stellen.

»Haben Sie denn wirklich nicht mitbekommen, was dort draußen los ist?«

Edna seufzte. »Ja, schon. Früher stand hier auch ein Fernseher. Und ein Radio in der Küche. Ich wollte es nicht glauben. Als dann der Junge vom Supermarkt nicht mehr kam und die Autos auf der Straße ausblieben und der Postbote sich auch nicht blicken ließ, musste ich es wohl glauben. Aber so einen lebenden Toten habe ich noch nicht gesehen. Hier ist alles wie immer.«

»Das erklärt die fehlenden Sicherheitsmaßnahmen.« Dany sah die Frau direkt an. »Naja, nur weil bisher niemand hier war, heißt das nicht, dass nicht noch jemand oder etwas kommt. Es ist wirklich riskant, Haus und Garten so ungeschützt zu lassen.«

Die Frau zuckte mit den Schultern. »Ach, ich bin alt. Ich kann keinen Zaun bauen. Oder die Fenster vernageln. Ich bestelle meinen Garten, füttere meine Tiere. Das macht genug Arbeit, vor allem, wenn man bedenken muss, dass man nicht einfach neues Saatgut und Tierfutter kaufen kann, sondern Vorräte anlegen muss.«

»Ja, das kann ich mir vorstellen.«

»Und? Was ist mit Ihnen? Haben Sie denn schon einen von diesen Toten gesehen?«

Dany hätte beinahe laut aufgelacht. Doch dann fing sie an, ihre Geschichte zu erzählen. Sie begann damit, wie sie die Grippe gehabt und deshalb den Beginn der Apokalypse quasi verschlafen hatte. Sonst wäre sie nämlich direkt zu ihren Eltern gefahren. Sie erzählte, wie sie den Discounter leergeräumt, sich eine Art Rüstung gefertigt und sich das Kämpfen beigebracht hatte. Wie sie Auri gefunden und entschieden hatte, ihr Elternhaus aufzusuchen. Von der Notiz ihrer Mutter und dem Hof ihres Bruders in Himmelpforten. Edna hörte sich das alles an, und sie waren beim zweiten Kaffee angelangt, als Dany endete.

»Und jetzt seid ihr hier«, sagte Edna.

»Jetzt sind wir hier«, bestätigte Dany und spürte sogleich, dass es an der Zeit war, eine Entscheidung zu treffen. Sollte sie bleiben, wo Auri ein sicheres Zuhause hätte, oder weiter nach ihrer Familie suchen? Aber war es überhaupt ein sicheres Zuhause? Ohne Zäune und vernagelte Fenster? Edna legte eine Hand auf ihre, und Dany zuckte zusammen. Sie schaute zu der alten Frau auf, die sie mit Güte und Wärme betrachtete.

»Du hast viel durchgemacht in den letzten Wochen

und Monaten. Vielleicht wäre es an der Zeit, zur Ruhe zu kommen, am Feuer zu sitzen und zu reden, statt zu lesen. Die Einsamkeit ist ein tückischer Feind. Einer, der jeden Tag größer wird und der dich hinterrücks überfällt. Man redet sich ein, dass es einem nichts ausmacht, und dann reicht eine Kleinigkeit, und man liegt am Boden.« Dany presste die Lippen aufeinander. Da war viel Wahres dran. Trotzdem war Dany noch nicht überzeugt.

»Was ist mit meiner Familie?«, fragte sie. »Ich bin es ihnen schuldig, nach ihnen zu suchen. Sie warten doch auf mich und ...« Sie spürte, wie ihr die Tränen kamen, und brach ab.

»Sie warten bestimmt noch einen Tag länger. Ich mache dir einen Vorschlag: Ihr bleibt erst einmal eine Nacht lang hier. Oder auch länger. Und dann kannst du entscheiden, ob du mir so weit vertraust, dass du dein Töchterchen bei mir lässt, während du tust, was du tun musst.« Dany dachte darüber nach. Schließlich nickte sie. Sie war erschöpft. Die Krankheit steckte ihr noch in den Knochen. Und das Angebot war einfach zu verlockend. Sie ließ Auri bei Edna, um ein paar Sachen aus dem Auto zu holen. Mehr Windeln vor allem. Anschließend zeigte Edna ihr das Haus.

Im Obergeschoss hatte Edna ihr Schlafzimmer, ein gemütliches Lesezimmer mit weiteren Bücherregalen, ein Badezimmer und ein Gästezimmer. Dort richtete sich Dany häuslich ein, während Edna in ihren Garten zurückkehrte. Dany verkroch sich mit Auri im Bett und beratschlagte sich mit dem Baby.

»Magst du sie?«, wollte sie wissen, worauf das Baby keine eindeutige Antwort gab. »Sie scheint jedenfalls nett zu sein. Und hast du den Garten gesehen? Was da wohl alles wächst?

Kartoffeln und Kürbisse und Karotten. Alles, was wir für einen ersten Brei für dich brauchen werden. Und es gibt Bücher. Jede Menge Bücher! Es wäre traumhaft, zu bleiben. Aber …«

Aber. Das Wort blieb. Dany vermisste ihre Familie. Sie vermisste sie mit jedem Tag mehr, seit sie das Haus ihrer Eltern betreten hatte. Die Monate in ihrer Wohnung waren wie ein Schwebezustand gewesen. Nur überleben, nicht nachdenken. Am besten akzeptieren, dass alle tot waren. Und dann kam die Hoffnung und die schmeckte so furchtbar bitter, dass sie sich fragte, ob es nicht besser gewesen wäre, sie nie zu spüren.

Gegen sechs rief Edna sie in die Küche und sie aßen gemeinsam zu Abend. Es gab eine reichhaltige Gemüsesuppe, und es war das erste Mal seit Monaten, dass Dany etwas Frisches, selbst Gekochtes aß und nichts aus Dosen. Es schmeckte köstlich!

Sie unterhielten sich lange über das Leben vor den Zombies, über das, was sie beruflich gemacht hatten, über all die Kleinigkeiten, die früher so selbstverständlich gewesen waren. Als Dany immer wieder die Augen zufielen, schickte Edna sie und Auri ins Bett. Dany befüllte zuvor noch ihre Thermoskanne, damit sie in der Nacht nicht in die Küche hinuntermusste. Sie ging ins Bad und benutzte zum ersten Mal seit Monaten eine richtige Toilette. Mit richtiger Spülung. Edna hatte ihr erzählt, dass sie eine eigene Biokläranlage hatte. Verrückt. Aber großartig. Und auf einmal bemerkte Dany, dass sie stank. Sie stank ganz und gar entsetzlich nach Stadt und Krankheit, nach Tod und Verwesung.

Sie wusch sich am Waschbecken mit warmem Wasser und bekämpfte das beißende Gefühl, zu viel Wasser zu verschwenden. Der Seifengeruch war überwältigend und sie fühlte sich viel besser, als sie Auri von einem Handtuch am Boden aufklaubte und ins Gästezimmer trug. Dort schob sie einen Schreibtisch vor die Tür und kuschelte sich mit Auri ins Bett.

Die Bettwäsche duftete mindestens so gut wie die Seife. Alles war so sauber und rein. Es war das Paradies. Und wie sie so da lag, traf Dany ihre Entscheidung. Sie würde bleiben. Nicht für immer. Vielleicht für den Winter. Sie würde einen stabilen Zaun bauen und eventuell Fensterläden, die man bei Nacht schließen konnte. Sie würde Versorgungstouren machen und Edna alles besorgen, was sie brauchte. Sie würde eventuell sogar in ihre Wohnung und ihr Elternhaus fahren und alles herholen, was wichtig, was von Bedeutung war, was Kaffee hieß! Und eine dieser Touren würde sie nach Himmelpforten führen, wo sie mit etwas Glück ihre Familie wiederfand.

Dany wusste nicht, was kommen würde, aber wie sie so da lag, in diesem fremden Zimmer mit ihrem Baby neben sich, da fühlte sie vor allem eines: Hoffnung.

Bereits erschienen in der Zombie Zone Germany

Anthologien
Zombie Zone Germany - Die Anthologie
Zombie Zone Germany - Der Beginn

Novellen
ZZG: Trümmer (Simona Turini)
ZZG: Tag 78 (Vincent Voss)
ZZG: Letzter Plan (Jenny Wood)
ZZG: Blutzoll (Matthias Ramtke)
ZZG: Zirkus (Carolin Gmyrek)
ZZG: XOA (Lisanne Surborg)
ZZG: Fressen oder gefressen werden (Thomas Williams)
ZZG: Hoffnung (Hanna Nolden)